PAR-DESSUS BORD

FORME HYPER-BRÈVE

ISBN 978-2-330-16744-8

MICHEL VINAVER

# PAR-DESSUS BORD

FORME HYPER-BRÈVE

théâtre

Préface de l'auteur
Postface de Simon Chemama

BABEL

Le texte “Dialogue avec moi-même (apocryphe)” est issu de l’ouvrage à paraître en octobre 2022 dans la collection “Le Temps du théâtre”, chez Actes Sud : *Regards en arrière*, Michel Vinaver.

# PRÉFACE

## DIALOGUE AVEC MOI-MÊME (APOCRYPHE)

— Vous dessinez quoi dans ce bloc-note ? On dirait un grand bâtiment. En réunion, je vous vois toujours en train de dessiner quelque chose.

— Je fais du *doodling*. Ce qui vient à la pointe de mon crayon. N'importe quoi. Ça m'aide à penser.

— Qu'est-ce que ce *building* représente ?

— C'est la tour à Boston dans laquelle il y a le 57e étage, celui des bureaux du siège de l'entreprise. Tous les grands patrons de Gillette au plan mondial y ont leur bureau avec les secrétaires. La moquette y est épaisse. Ce sont des lieux sans bruit.

— J'imagine que vous n'y avez jamais mis les pieds.

— Faux. Une fois ils m'ont convoqué pour se faire une idée de moi. C'est une de leurs fonctions que d'identifier, parmi leurs jeunes cadres, les futurs responsables de leurs filiales dans les différents pays et de programmer leur formation. Ainsi, ils me mirent sur la route. J'accompagnais des représentants Gillette dans la tournée de leur clientèle en Grande-Bretagne, en France. A la suite de cette initiation, je fus nommé à la tête de Gillette Benelux, puis de Gillette Italie. Enfin, le poste suprême en France devint vacant et me fut attribué, qui comportait des directions générales et commerciales, et la direction des trois usines en Haute-Savoie. Avec femme et enfants à présent, je continuais d'écrire. Allais-je pouvoir continuer longtemps à cheval sur deux métiers plus une famille ?

Je négociai ma sortie de l'opérationnel chez Gillette, en n'y conservant que des fonctions légères et un salaire allégé lui aussi. Ce faisant, je commençai à me rendre compte que mon activité d'écriture théâtrale fuitait dans l'entreprise parmi le personnel. Mon image s'y brouillait.

Le temps était venu d'une œuvre majeure, une œuvre libérée de toutes les précautions. Une œuvre dans l'écriture de laquelle j'avancerais sans masque, sans défense, où je ne serais plus divisé. J'allais jeter par-dessus bord toutes les convenances et règles qui font les bonnes pièces. La pièce aurait pour nom, eh bien oui, *Par-dessus bord*. L'entreprise fabriquerait et vendrait un produit un peu trivial, le PQ comme on le désigne familièrement. Son patron et propriétaire aurait deux fils, l'un bien né, l'autre bâtard. Le bâtard serait résolu à se débarrasser de son père et de son frère, par tous les moyens, pour rester seul à bord. L'épouse du bien-né, américaine, souhaiterait ardemment que la collection lui revienne en temps voulu. Voilà. Quelques détails comme ça. Ah, et la pièce compterait parmi ses personnages un certain Passemar (un nom qui avait avivé ma sympathie et ma curiosité), retraité, habitant seul dans une lointaine banlieue, bricoleur à ses heures dans la cave de son pavillon, et qui avait breveté une technique pour déposer une fine couche de téflon sur les tranchants d'une lame de rasoir de sûreté afin d'en exalter la douceur.

La pièce serait aussi un laboratoire de recherche ! Mais son domaine de recherche serait l'innovation sur le plan de l'écriture ! Fin de la continuité. Fin de la ponctuation. Fin de la distinction entre les genres. Fin de tous les interdits. Bouclages. Contrepoint Entrelacs. Fulgurances. Répétitions/variations.

Ce qui avait le plus intéressé Planchon dans la pièce, quand je lui en ai donné le manuscrit à lire, c'est qu'il y trouvait la première vision claire, détaillée, au théâtre, du fonctionnement du système capitaliste. Planchon n'était pas insensible, simultanément, à la vogue de la comédie musicale dans le cinéma américain. Il a voulu marier les deux. Sa création de *Par-dessus bord*, au TNP à Villeurbanne puis à l'Odéon à Paris, fut chaleureusement reçue. La mise en scène en a été un spectacle mémorable, superbe, frénétique. Mais qui n'a troublé ni inquiété personne. Son charme l'a emporté sur sa pugnacité critique. Mon objectif qui était de me faire virer a échoué.

Que dire aujourd'hui de *Par-dessus bord* ? J'en ai fait trois réductions, la *Brève*, la *Super-brève* et l'*Hyper-brève*, et j'en arrive à ne pas avoir de préférence entre mes quatre versions. J'ai tenu à ce qu'elles soient toutes publiées.

Il m'est même arrivé d'autoriser des versions encore plus réduites et en même temps plus engagées dans la contestation, par exemple, au Vigan dans les Cévennes ardéchoises, en 2005, sous la direction d'un prof d'histoire et géographie.

*Par-dessus bord* est en quelque sorte ma pièce matricielle. Toutes mes pièces qui ont suivi peuvent se réclamer d'elle, des chemins qu'elle a tracés. Avec elle, je me libérais aussi d'un tabou, de l'interdiction que je m'étais imposée de prendre l'entreprise, ou plus généralement le travail, comme un sujet de mes pièces. Je mettrais fin à la séparation entre les deux plans sur lesquels se déroule ma vie, celui du jeune cadre débutant dans une entreprise commerciale et industrielle et celui du jeune romancier-dramaturge.

MICHEL VINAVER

## PERSONNAGES

Fernand Dehaze, P.-D.G. de Ravoire et Dehaze
Olivier Dehaze, directeur général adjoint
Benoît Dehaze, directeur commercial
Madame Alvarez, directeur administratif
Passemar, chef du service administration des ventes
Madame Bachevski, directeur des achats
Monsieur Cohen, chef comptable
Grangier, chef planning fabrication
Dutôt, chef des ventes
Lubin, représentant
Saillant, controller
Battistini, chef de service études de marché
Peyre, chef de produit
Madame Lépine, grossiste en droguerie
Monsieur Onde, professeur au Collège de France
Docteur Temple, médecin des hôpitaux
Monsieur Toppfer, antiquaire
Monsieur Ausange, banquier
Margerie Dehaze, femme de Benoît
Alex Klein, musicien de jazz
Jiji, fille de Lubin

Yvonne Ravoire, tante de Benoît et d'Olivier
Jack Donohue, conseiller en marketing
Jenny Frankfurter, conseiller en marketing
Reszanyi, psychosociologue, conseil d'entreprise
Ralph Young, président de United Paper Europe
Jaloux, concepteur-rédacteur, agence de publicité

*Un pianiste. Trois danseurs. Un modèle nu. Deux musiciens noirs. Une bonne. Deux auditrices au Collège de France. Employés de Ravoire et Dehaze. Clients de L'Infirmerie.*

# PREMIER MOUVEMENT

## cartes sur table

*Le comptoir de Lépine Frères.*

LUBIN

Quelque chose aujourd'hui à vous présenter de sensationnel

MADAME LÉPINE

Tout est toujours sensationnel

LUBIN

Un événement sans précédent

MADAME LÉPINE

Aujourd'hui c'est en ordre je n'ai besoin de rien

LUBIN

Une offre incroyable que ma société a étudiée spécialement pour vous parce que vous savez les temps sont difficiles

MADAME LÉPINE

A qui le dites-vous

LUBIN

Justement

MADAME LÉPINE

Depuis le début janvier c'est calme mais alors c'est calme

LUBIN

Bientôt le printemps madame Lépine

MADAME LÉPINE

Le printemps parlez-m'en

LUBIN

C'est pour vous faire gagner de l'argent

MADAME LÉPINE

Pour gagner il faut vendre

LUBIN

C'est pour vous faire vendre que nous avons mis au point une offre avantageuse pour vous et pour vos détaillants un million huit cent mille femmes en France vont se jeter dessus

MADAME LÉPINE

Je ne suis pas acheteuse aujourd'hui

LUBIN

Je savais bien que ça vous intéresserait malgré tout cinquante-cinq centimes d'économie pour la ménagère et pour vous le quatorze douze

MADAME LÉPINE

Je connais ma clientèle la prochaine fois

LUBIN

Notez que vous n'avez pas tort il ne faut pas vous stocker plus que nécessaire je ne vous en propose que six grosses la septième grosse gratuite est pour vous

MADAME LÉPINE

J'en ai encore plein les rayons regardez vos offres spéciales d'il y a six mois

LUBIN

Je comprends votre point de vue vous voulez être sûre d'écouler

MADAME LÉPINE

Tiens

LUBIN

C'est justement ce que notre promotion

*Apparaissent un pianiste avec son piano et trois danseurs masqués habillés en camionneurs, portant une caisse.*

LES TROIS DANSEURS

Messieurs dames

MADAME LÉPINE

Posez-la par ici

LUBIN

Et comment va la petite fille ? Elle serait pas déjà plus grande que sa maman ?

MADAME LÉPINE

Vous êtes de la maison Johnson ?

*Chanson des camionneurs ; ouverture dansée de la caisse.*

LES TROIS DANSEURS

— Eh oui oh mais oui – mais si

— Eh oui

— Oh mais

— Oui mais si

— Mais si oui

— Si oh mais

— Oui mais oh

— Mais si – Eh oui oh mais – oui mais si

*Passemar, masqué, s'extrait de la caisse, est happé dans le sillage des danseurs dont les mouvements deviennent plus convulsifs. Passemar au long de la pièce sera tantôt dans les bureaux tantôt sur le théâtre.*

LES TROIS DANSEURS

Ra ra ra ra-ra ra-ra-ra gué gué ra-ra-hi-ra-ra hi-gué-hi hi-hi-hi gué-hi-gué gué-ra-hi-gué hi-gué – ra-ra-ra

*La danse se centre de plus en plus sur Passemar que les danseurs cognent, plaquent à terre, piétinent, relèvent, jettent en l'air, puis qu'ils déposent sur le couvercle de la caisse comme sur un trône. Lubin et madame Lépine se sont effacés. Les danseurs soulèvent la caisse et, Passemar dessus, la calent sur leurs épaules, la portent en procession. Passemar a ôté son masque – et on découvre qu'il ressemble à celui-ci comme un frère. Il met ses lunettes, remet en ordre ses vêtements.*

PASSEMAR

Je suis l'auteur de cette pièce dès le plus jeune âge se manifestait mon don d'écrire à neuf ans j'avais composé une pièce en un acte qui s'appelle *La Révolte des légumes* mais il fallait vivre alors ç'a été cette petite annonce jeune licencié ès lettres présentant bien et ils m'ont embauché chez Ravoire et Dehaze pour succéder à un chef de section au service facturation qui s'était suicidé sans raison apparente je ne m'étais jamais jusqu'alors interrogé sur tout ce que ça représente une facture d'abord ça a été un peu la panique et puis *(les danseurs posent la caisse et sortent en dansant)* chez Ravoire et Dehaze ils ne connaissaient pas mon activité littéraire pour eux j'étais un cadre qui faisait à peu près correctement son boulot je dépendais je dépends toujours de madame Alvarez *(madame Alvarez apparaît. Passemar est maintenant à son bureau)* ancienne maîtresse de monsieur Ravoire le fondateur de la maison elle est directeur administratif l'an prochain elle prend sa retraite et mon Dieu si les événements ne prennent pas une autre tournure du fait de l'entrée en scène des Américains j'ai l'impression que je ne suis pas mal placé pour la succession

*Dutôt apparaît.*

MADAME ALVAREZ

Passemar ça n'est pas admissible j'apprends que nous sommes de nouveau en rupture de stock de Super-Douceur

PASSEMAR

Depuis trois jours

MADAME ALVAREZ

Et vous n'avez pas réagi ?

PASSEMAR

L'usine ne suit pas

MADAME ALVAREZ

Le service des ventes gronde Passemar

PASSEMAR

J'ai aussitôt fait une note de service à monsieur Olivier avec copie à monsieur Dutôt

DUTÔT

Je m'en torche de vos notes de service moi il me faut la camelote mes représentants foncent à mort avec leur promotion

PASSEMAR

Ça n'est pas moi qui fabrique moi j'achemine

MADAME ALVAREZ *(au téléphone)*

Grangier voulez-vous venir dans le bureau de Passemar ?

GRANGIER *(entrant)*

Ce n'est pas à l'usine d'anticiper les fluctuations de la demande que je sache

DUTÔT

Un minimum de flexibilité ça aiderait

GRANGIER

Encore faudrait-il que l'information nous parvienne

MADAME ALVAREZ

Un peu d'esprit de coopération

DUTÔT

Dites-moi qui en manque ici

MADAME ALVAREZ

Pourquoi ? Vous vous sentez visé ?

GRANGIER

Est-ce tout ? Je peux disposer ?

*Il s'efface.*

MADAME ALVAREZ

Evidemment ce n'est pas la peine de s'attendre chez les gens de l'usine à la moindre initiative

PASSEMAR

Super-Douceur étant plus cher on comprend difficilement

MADAME ALVAREZ

Non seulement plus cher Passemar mais une fois sur deux ça se déchire et tout vous reste entre les doigts

PASSEMAR

Peut-être une mutation en profondeur

DUTÔT

Rien d'étonnant le produit est plus doux il suffit de ne pas avoir un cul d'éléphant

MADAME ALVAREZ

Un bon papier c'est comme un bon service des ventes ça résiste et ça fait son travail

DUTÔT

Un bon service administratif est un service qui suit le mouvement madame Alvarez et qui se laisse oublier

*Il s'efface.*

MADAME ALVAREZ

Je me demande Passemar ce qui lui donne d'un seul coup tant d'assurance à cette tapette

PASSEMAR

C'est bien contre l'avis de monsieur Olivier que monsieur Benoît l'a embauché monsieur Olivier voulait un chef des ventes expérimenté

MADAME ALVAREZ

Je ne peux pas tout vous dire Passemar mais il y a des choses qui vous remplissent d'amertume donnez-moi une cigarette

PASSEMAR

Tenez madame Alvarez

MADAME ALVAREZ

Voyez-vous monsieur Olivier est trop scrupuleux monsieur Benoît lui s'insinue et ça y est il occupe la place avec ses Dutôt ses Savini il faudrait que monsieur Fernand ouvre les yeux ou que quelqu'un les lui ouvre

*Le modèle nu est apparu, un imperméable sur le dos et un chapeau. Madame Alvarez s'est effacée.*

PASSEMAR

Oui mais le patron *(au modèle)* c'est par ici je crois tenez *(il la guide jusqu'à l'atelier-salon de monsieur Dehaze puis la laisse)* monsieur Fernand fait de la peinture le soir en rentrant chez lui il paraît qu'il se défend

*Ausange et Dehaze ont pris place, ce dernier devant un chevalet.*

AUSANGE

Cette jeune dame a un cou étonnant

DEHAZE

Difficile à saisir

AUSANGE

Qui rappelle celui de la femme allongée de Vélasquez

DEHAZE

C'est gentil d'être venu dès ce soir

AUSANGE

A entendre ta voix au téléphone pouvais-je hésiter ?

DEHAZE

Comment va cette chère Lucienne ?

AUSANGE

En grande forme

DEHAZE

Mademoiselle c'est imperceptible mais cette épaule ne cesse de retomber tu connais mon affaire moyenne paisible roulant sans à-coups dispensant un produit de première nécessité occupant le premier rang sur son marché le chiffre se développant régulièrement de cinq à dix pour cent par an le capital entièrement dans la famille un personnel en or *(une servante a déposé service à thé et petits fours sur une table basse)* en ce moment tout ça est un peu ébranlé des Américains plus gros que nous vingt ou trente fois plus gros ont débarqué et ceux-là plus ils sont gros plus ils ont faim

AUSANGE

J'aime bien les Américains

DEHAZE

Je ne les déteste pas

*Les deux hommes rient longuement et profondément.*

AUSANGE

Alors ?

DEHAZE

Mes ventes baissent avec régularité de quatre pour cent par mois depuis octobre je travaille à perte j'ai le choix réduire mes dépenses ou au contraire les augmenter investir en promotion en publicité

AUSANGE

Oui

DEHAZE

Nous n'avons jamais emprunté aux banques

AUSANGE

Les banques sont faites pour prêter

DEHAZE

Une vieille répugnance à s'endetter mon père est mort la tête haute disant qu'il ne devait rien à personne

AUSANGE

Les Américains empruntent quand les affaires vont bien afin qu'elles aillent encore mieux

DEHAZE

Les Américains cherchent la bagarre eh bien ils l'auront

AUSANGE

Excellent

DEHAZE

Je lance un nouveau produit plus conforme au goût français

AUSANGE

Bien

DEHAZE

Je reprends l'initiative emballage bleu-blanc-rouge ça peut paraître sommaire mais je fais jouer la carte nationaliste et je mets l'accent sur les cordons de la bourse moins cher et bien de chez nous et pour pouvoir suivre mon cher ami il me faut cinq cent mille francs alors je me jette à l'eau je cherche à négocier un crédit auprès d'une banque tu vois j'ai lâché le morceau *(il sonne ; la servante entre, un paquet à la main)* Yvonne oui c'est ça remettez ça à monsieur ouvre vois mon nouvel enfant

*Ausange défait le paquet, en retire un rouleau de papier hygiénique dans une enveloppe bleu-blanc-rouge, le tient des deux mains à hauteur des yeux, puis déchire l'emballage et commence à le dérouler. Dehaze et Ausange s'effacent. La salle des fêtes se remplit de monde.*

PASSEMAR

Ç'a été un fiasco *(silence)* épouvantable si monsieur Fernand avait pu prévoir ça il aurait sûrement annulé la petite fête annuelle et traditionnelle de Ravoire et Dehaze et ç'aurait été dommage parce que cette année on s'est vraiment bien amusés comme chaque année d'ailleurs voici monsieur Lubin c'est un des six représentants de la maison monsieur Lubin danse avec Joëlle l'aide-caissière il a l'air très en forme

— Où elle est ma cuisse de poulet ? Il y avait une cuisse de poulet dans mon assiette

— Moi j'ai le cafard depuis qu'elle est née

— C'est ravissant ça coûte cher ?

— Je suis plus avec vous qu'avec mon mari mais je connais mieux mon mari que vous je connais pas non plus si bien mon mari

— Ça fait six ans au moins que vous l'êtes mariée ?

— Huit ans que je suis ici à la comptabilité

— Vous êtes joliment bien coiffée

— Vous dites ça

— C'est vrai que je passe plus de temps avec vous qu'avec ma femme moi aussi

— Bien sûr c'est pareil

— Y a plus d'éclairs au café ?

— C'est surtout au lit que je suis avec mon mari le reste du temps le boulot le ménage encore le boulot le bistrot et puis vous savez il bricole

— Nous avec ma femme le dimanche on fait une promenade dans la zone

— Ça fait rien on passe sa vie ensemble en même temps on se connaît pas ou presque je vous connais presque pas moi

— Vous avez envie de me connaître ?

— Bien sûr

— Je savais pas moi

— Savoir qui vous êtes je suis curieuse

— Les pieds en avant

— Elle s'était mise à tout dire alors qu'elle lit le courrier confidentiel

— Joseph danse pas trop près de la petite Rose t'es sourd Joseph ?

— Mêle-toi de tes amours

— Elle a des épines

— Je suis encore à l'essai

— Ah chez la vieille Alvarez

— Elle prend sa retraite en novembre

— C'est pas trop tôt

— Regardez-moi ce goinfre ça fait ta combientième cuisse de poulet ?

— C'est bien ta faute si t'auras mal au ventre

— Qu'ils cherchent à nous exploiter c'est normal c'est leur rôle qu'est-ce que tu ferais si t'avais le pognon

— Ils disent jamais non

— N'ont rien pu dire

— Ils ont promis d'examiner ça

— Oui il y a six mois

— En ce moment les ventes tournent pas si rond

— Et il y a dix-huit mois

— Taisez-vous monsieur Olivier essaie de parler

OLIVIER

Et maintenant un peu de silence on va procéder au tirage de la tombola

— Faut essayer de pas trop y penser

— En congé de longue maladie

— T'es folle j'oserais jamais

OLIVIER

Je vous rappelle que le premier grand prix de notre tombola est ce beau transistor que voilà avec modulation de fréquence et prise de pick-up je demande à la plus jeune des jeunes filles de la maison

— C'est toi Joëlle

— Vas-y Joëlle

— Non c'est Anne-Marie

OLIVIER

Approchez-vous mon petit là vous allez tirer au hasard un petit papier dans ce chapeau c'est fait ? Prenez le micro et lisez le numéro

ANNE-MARIE

Quatre-vingt-quatre

OLIVIER

Quatre-vingt-quatre qui a le quatre-vingt-quatre ?

— C'est pas possible c'est monsieur Lubin

— C'est toi Lubin

— Cocu de Lubin

OLIVIER

Approchez Lubin la direction vous félicite

— Discours

OLIVIER

Allez Lubin dites un mot

LUBIN

Je remercie la direction et particulièrement monsieur Fernand notre président je suis bien content

— Bravo

LUBIN

D'autant plus que ma fille Jiji se marie alors ma femme va se trouver un peu seule à la maison alors ça tombe vraiment bien quoi

OLIVIER

Et maintenant notre président-directeur général va nous dire quelques mots suivant la tradition

DEHAZE

Merci Olivier mesdames mesdemoiselles messieurs merci d'être venus si nombreux comme à l'accoutumée à notre petite et sympathique réunion que je me permettrai d'appeler une réunion de famille tant il est vrai que ceux qui travaillent quarante heures par semaine ensemble forment une authentique communauté j'en veux pour preuve votre présence qui n'était pas obligatoire et votre bonne humeur qui l'était encore moins rassurez-vous je ne parlerai pas longtemps parce que ce soir le boire et le manger la musique et la gaieté doivent primer mesdames mesdemoiselles messieurs vous travaillez dans une entreprise qui a l'avenir devant elle ce n'est pas sans émotion que je préside aux ultimes préparatifs de lancement de notre premier nouveau produit depuis plus de douze ans et nous l'appellerons Bleu-Blanc-Rouge lui qui deviendra très vite le compagnon de millions de foyers français

*La salle des fêtes commence à se vider. Passemar demeure, un verre à la main. Il est légèrement vacillant.*

PASSEMAR

Mon propos est simplement ceci l'absorption de la moyenne entreprise où je suis moi-même un cadre moyen par une puissante société américaine est-ce un bien ? Est-ce un mal ? Je ne sais pas j'aimerais y voir plus clair ça me fait penser à cette vieille histoire des Ases et des Vanes dont parlait monsieur Onde du temps où je suivais son cours au Collège de France

*Salle de cours du Collège de France. Deux auditrices au fond de la salle tricotent.*

MONSIEUR ONDE

Comment la connaissons-nous cette histoire ? Par quatre strophes seulement d'un poème eddique d'une grande envolée la *Völuspá* pour les Scandinaves le monde connaît deux peuples de dieux les Ases et les Vanes les Ases ont à leur tête Odin le dieu roi et Thor le dieu guerrier en face il y a les Vanes qui sont les dieux de la fécondité et de la volupté

PASSEMAR

Non justement pas ça aurait pu tourner autrement et aujourd'hui encore tout n'est pas joué mais

MONSIEUR ONDE

Les Ases attaquent les Vanes et il s'ensuit suivant l'expression du poète "la guerre pour la première fois dans le monde" Odin marche avec son armée contre les Vanes mais ceux-ci résistent et défendent leur pays tantôt un camp tantôt l'autre semble emporter la victoire chacun dévaste les terres de l'autre et ils se font des dommages cruels

PASSEMAR

Trois cent cinquante employés vingt millions de chiffre d'affaires une entreprise ancrée dans de solides traditions et qui n'a pas su à temps prendre le tournant

MONSIEUR ONDE

Odin lance son épieu dans les rangs ennemis et ce geste doit lui assurer la victoire en effet les Vanes sont pris de panique et s'enfuient dans une grande bousculade mais le triomphe des Ases n'est pas définitif puisque contre toute attente les Vanes parviennent à détruire l'enceinte des Ases

PASSEMAR

De Minneapolis ils ont débarqué en force ont pris pied et alors que l'effondrement paraissait imminent il y a eu une petite révolution de palais le fils naturel du patron a pris la direction de l'affaire avec une équipe de jeunes cadres dont je ne suis pas mais ça ne m'empêche pas d'être objectif ils ont réussi à renverser la vapeur et à mettre en difficulté le colosse d'outre-Atlantique

MONSIEUR ONDE

Comme si soudain ils en avaient assez de cette alternance épuisante d'échecs et de succès sans suite de part et d'autre les Ases et les Vanes font la paix une paix surprenante aussi harmonieuse que la guerre a été implacable jusqu'à la fin des temps il n'y aura plus l'ombre d'un conflit entre les Ases et les Vanes *(Monsieur Onde efface le tableau ; il range ses feuillets. C'est la fin du cours.)* Cela fait plusieurs fois de suite monsieur que je remarque votre présence à mon cours êtes-vous comparatiste ?

PASSEMAR

Non pas du tout

MONSIEUR ONDE

Permettez-moi de vous demander dans quel domaine cherchez-vous ?

PASSEMAR

Je ne cherche pas précisément je m'intéresse

MONSIEUR ONDE

En dehors de deux ou trois dames âgées qui l'hiver viennent ici quérir un peu de chaleur je n'ai pas l'habitude de trouver en face de moi des visages

PASSEMAR

C'est pourtant passionnant je m'excuse

MONSIEUR ONDE

Passionnant ? Mais enfin pourquoi ? Je vois mal qu'est-ce qui vous intéresse ? Permettez-moi de vouloir saisir que faites-vous ?

*Depuis quelque temps sont apparus le pianiste et les trois danseurs masqués, habillés en dieux scandinaves, qui exécutent des mouvements, s'interrompent, reprennent, recommencent le même ensemble de gestes. Monsieur Onde s'efface.*

PASSEMAR

C'est une idée qui m'est venue de corser un peu ces récits légendaires par une action mimée et dansée qui pourrait avoir du charme beaux costumes une musique très moderne pourquoi pas ? En vérité je suis tenté par le théâtre total où toutes les formes d'art concourent au spectacle le ballet le cirque le cinéma l'opéra c'est assez exaltant d'imaginer un théâtre sans plus aucune limite au niveau des moyens d'expression évidemment ce sera un spectacle coûteux à monter est-ce que je ne diminue pas d'autant mes chances d'être représenté ?

*Les dieux scandinaves se sont saisis de Passemar, le malmènent et le portent en procession : exode.*

# DEUXIÈME MOUVEMENT

## bleu-blanc-rouge

*Le comptoir de Lépine Frères.*

LUBIN

Quelque chose de sensationnel aujourd'hui pour vous madame Lépine

MADAME LÉPINE

Comme chaque fois

LUBIN

Vous allez voir

MADAME LÉPINE

Je vais rien voir du tout

LUBIN

Vous allez tomber à la renverse

*Lubin défait un paquet, en retire un rouleau de papier dans une enveloppe bleu-blanc-rouge, le tient des deux mains à hauteur des yeux, puis déchire l'emballage et commence à le dérouler.*

DEHAZE *(à son bureau)*

Ça va être la plus grosse facturation mensuelle depuis la fondation de la société Olivier

OLIVIER

Un raz-de-marée

DEHAZE

Tu as l'air soucieux

OLIVIER

Les prévisions sont pulvérisées ce matin on avait à peine deux jours et demi de marchandises en magasin

DEHAZE

Prends toutes dispositions utiles mon garçon mais je ne tolérerai pas la rupture de stock

MADAME LÉPINE

J'en veux pas j'en veux pas

LUBIN *(continuant à dérouler le papier)*

A partir d'aujourd'hui madame Lépine les gens pourront mettre dans leurs doubles vécés un papier bien de chez nous

MADAME LÉPINE

Je suis servie

LUBIN

Finis les noms étrangers les Milky Way les White Blossom et autres Softies Bleu-Blanc-Rouge vous admettrez que c'est un nom qui sonne haut et clair à nos oreilles françaises

MADAME LÉPINE *(examinant le papier)*

Mais il n'y a pas de différence d'avec votre qualité standard ?

LUBIN

Je me plais à vous l'entendre dire quelle est notre qualité qui se vend le mieux madame Lépine depuis toujours ?

MADAME LÉPINE

Bien la standard

LUBIN

Précisément c'est le bon vieux bulle-corde de chez Ravoire et Dehaze auquel vos clientes font confiance n'est-ce pas ?

BENOÎT *(au lit, avec Margerie)*

Quelle heure est-il mon petit roseau ?

MARGERIE

Tu vas être en retard

BENOÎT

Ça m'est égal on se sent indifférent après l'amour

MARGERIE

Après l'amour avec moi ?

BENOÎT

Avec qui d'autre ?

MARGERIE

Et après l'amour avec les autres ?

BENOÎT

Ça m'est pas du tout égal

MARGERIE

Moi ça m'est pas du tout égal que tu fasses l'amour avec les autres

BENOÎT

Et moi j'adore quand tu te fâches

MARGERIE

Je me fâche pas

BENOÎT

C'est dommage

MARGERIE

Tu es déjà en retard Benoît

BENOÎT

Tu sais toujours pas dire Benoît

MARGERIE

Benoît

BENOÎT

Non Benoît

MARGERIE

Et ton papa va t'engueuler ton papa que j'adore

BENOÎT

Pourquoi tu l'adores mon papa ?

MARGERIE

J'aurais dû l'épouser lui et puis pas toi mais je t'ai d'abord connu toi

BENOÎT

Pourquoi tu l'adores ?

MARGERIE

Il est tout en nuances toi tu es déjà un peu américain tu vois tu as un grand sourire américain daddy a un sourire en demi-teinte et moi je fonds

BENOÎT

C'est mon gentil frère que tu aurais dû épouser

MARGERIE

Olivier c'est un moule

BENOÎT

Une moule

MARGERIE

Alors une moule

BENOÎT

Dommage que mon papa que tu adores

MARGERIE

Il est parfait

BENOÎT

Tu ne vois pas qu'aveugle comme il est l'or dans ses mains s'est transformé en sable et le sable lui file entre les doigts

MADAME LÉPINE

Vous m'en mettrez douze grosses pas une de plus

LUBIN

Douze grosses madame Lépine je ne peux absolument pas en raison du succès foudroyant nous sommes limités mais six grosses parce que c'est vous

DEHAZE *(dans son atelier-salon)*

Mon petit le coiffeur vous a fait une coupe n'est-ce pas ? Vos cheveux se répandent différemment c'est désolant

*Bureau de la direction des ventes.*

DUTÔT

Allô la maison Rueil ? Dutôt chef des ventes de Ravoire et Dehaze *(à Benoît)* pareil chez Vacheron et pareil chez Simonnot *(au téléphone)* bonjour monsieur Rueil comment allez-vous *(silence puis long rire au téléphone ; Olivier est entré)* dites voir nous n'avons pas encore reçu votre commande de réappro en Bleu-Blanc-Rouge et comme nos stocks sont assez bas je voulais vous demander s'il faut vous en réserver quelques cartons parce que vous savez ça marche fort oui c'est un très grand succès *(silence)* tiens vous m'étonnez *(silence)* mais est-ce que vos représentants en ont suffisamment parlé *(silence)* non pas du tout dans l'ensemble ça marche bien enfin assez bien nous misons beaucoup sur ce produit vous savez ça va être notre cheval de bataille *(silence)* mais non mais non vous allez voir et si vous permettez je vous rappellerai dans une semaine ou deux

BENOÎT

Dutôt vient d'appeler nos trois principaux grossistes

OLIVIER

Vacheron ?

DUTÔT

Il lui reste en magasin les trois quarts de sa commande initiale

BENOÎT

Et Simonnot ?

DUTÔT

Simonnot commence à se faire méchant il n'a pas écoulé vingt-cinq cartons sur sa livraison de quatre-vingts

DEHAZE

Pendant que dure une série de séances de pose n'allez jamais changer de coiffure pour l'amour du ciel

MARGERIE

Je ne vous dérange pas daddy ?

DEHAZE

Quelle gentille idée de venir me voir ma chérie

MARGERIE

C'est un raccourci audacieux que vous faites là à la Mantegna daddy oh je voudrais regarder encore une fois vos tabatières est-ce que je peux ouvrir la vitrine ? De quelle époque est celle-ci ?

DEHAZE

Essayez de vous concentrer

MARGERIE

Louis XV ?

DEHAZE

Tu commences à t'y connaître

MARGERIE

Elle est d'un émail si pur

DEHAZE

Sais-tu que c'est une pièce remarquable

MARGERIE

Un petit chien

DEHAZE

C'était le petit chien de madame de Pompadour

MARGERIE

La tabatière lui appartenait ?

DEHAZE

Elle était destinée à la Pompadour mais la Pompadour ne l'a jamais possédée elle est tombée en disgrâce peu après que Louis XV en eut passé commande à Ducrollay l'histoire veut que ce malheureux bougre n'ait jamais été payé le roi ayant prétexté du défaut microscopique que voilà pour ne pas prendre livraison de la commande on sait même le nom du petit chien il s'appelait Mimi

MARGERIE

Comment connaissez-vous cette histoire ?

DEHAZE

Toppfer est un antiquaire qui aime les objets avec passion il écume les bibliothèques pour suivre leur trace

MARGERIE

Daddy quand vous allez mourir qu'est-ce qui va arriver à toutes vos merveilles ?

OLIVIER

C'est simple vos hommes n'ont pas fait leur travail Dutôt

DUTÔT

Il aurait fallu qu'ils aient un produit

OLIVIER

Bleu-Blanc-Rouge n'est pas un produit ?

DUTÔT

Je ne suis pas sûr que c'en soit un

OLIVIER

C'est le bon vieux bulle-corde de toujours

BENOÎT

Le produit ce n'est pas seulement le produit

DUTÔT

C'est à quoi il fait rêver

BENOÎT

Son nom pour commencer

OLIVIER

Le nom ne te plaît pas ?

BENOÎT

Un produit ça ne se bricole pas

DUTÔT

Ça se crée

OLIVIER

Vous cherchez des excuses au lieu de vous occuper de votre boulot qui est d'insuffler l'enthousiasme à vos hommes

DUTÔT

Que malheureusement je n'ai pas choisis

OLIVIER

Ils se tueraient pour la maison les Guillaumat les Chevrier et Lubin est-ce que ce n'est pas un seigneur ?

DUTÔT

Oui d'un autre temps

OLIVIER

Le propre du chef est de savoir faire évoluer ses hommes

DUTÔT

Quand il y a le potentiel au départ

OLIVIER

Avant de s'inquiéter du potentiel des gens qui dépendent de soi il n'est pas inutile de s'interroger sur le sien propre

BENOÎT

Mon cher Olivier

OLIVIER

Il n'y a pas un an que vous êtes entré chez nous Dutôt et vous avez encore certaines choses à apprendre l'emploi des hommes par exemple

COHEN *(dans le bureau du président)*

C'est que monsieur Fernand depuis six semaines il y a eu des sorties considérables et très peu de rentrées

DEHAZE

Il a fallu mettre le paquet Cohen

COHEN

Oui monsieur Fernand mais ma situation de trésorerie jamais depuis que je suis ici elle n'a été aussi critique

DEHAZE

Ces banquiers ne sont pas pressés il faut que je rappelle Ausange *(décrochant le téléphone)* demandez-moi la Banque de Paris et des Pays-Bas

BENOÎT *(dans le bureau d'Olivier)*

Il faut commencer à regarder les choses en face Olivier

OLIVIER

Bien sûr on a fait quelques erreurs

BENOÎT

Ce ne sont pas simplement des erreurs c'est toute une philosophie c'est l'attitude du patron de l'affaire à l'égard des problèmes

OLIVIER

On devrait peut-être parler à papa

BENOÎT

Ça ne servirait à rien

OLIVIER

Mais alors

BENOÎT

Il faut qu'il cède la place

OLIVIER

Que papa s'en aille ?

BENOÎT

Qu'il te laisse le champ libre

MADAME LÉPINE

Va falloir me reprendre ces trois grosses

LUBIN

Vous n'y pensez pas madame Lépine

MADAME LÉPINE

Du stock mort vous croyez que je vais rester assise dessus ?

LUBIN

Vous savez bien que Ravoire et Dehaze ne fait jamais de reprise de marchandise

MADAME LÉPINE

Vos principes aussi tiens je m'assieds dessus demain je vous les réexpédie et vous me faites un avoir

DEHAZE

Ce petit Dutôt que Benoît a choisi comme chef des ventes il ne vaut pas un clou Cohen il nous a bousillé ce lancement après Super-Douceur Bleu-Blanc-Rouge

COHEN

Si vous permettez que je vous livre le fond de ma pensée ils forment un clan monsieur Fernand un clan autour de monsieur Benoît je ne mettrais pas ma main au feu qu'ils ont vis-à-vis de vous une pleine et entière loyauté

DEHAZE

La loyauté Cohen est un concept qui appartient à votre génération et à la mienne

MADAME LÉPINE

Pour la nouveauté ce qu'ils demandent tous c'est ça c'est Softies *(elle montre un rouleau)* j'en ai écoulé huit grosses en quinze jours

LUBIN

Le patron n'y a pas vraiment cru à la ouate de cellulose

MADAME LÉPINE

Tout ce que vous voudrez mais hier personne connaissait la ouate de cellulose aujourd'hui tout le monde se jette sur la ouate de cellulose

PASSEMAR *(à son bureau)*

C'est ce qu'on craignait madame Alvarez

MADAME ALVAREZ

Le bouquet

PASSEMAR

Après Rueil c'est Simonnot qui renvoie la marchandise

MADAME ALVAREZ

Les Américains nous attendaient au tournant

PASSEMAR

Dès que Bleu-Blanc-Rouge est sorti ils ont attaqué en force

MADAME ALVAREZ

Avec des remises exorbitantes à tous les stades de la distribution

DEHAZE *(à son bureau)*

Je n'accepterai aucune reprise Dutôt vous m'entendez

DUTÔT

Il n'y a pas à accepter ou à pas accepter monsieur le président Simonnot a purement et simplement renvoyé

DEHAZE

Vous lui renverrez

DUTÔT

Rueil a téléphoné pour demander la reprise très poliment

DEHAZE

Qu'avez-vous répondu ?

DUTÔT

J'ai répondu bien monsieur très poliment

DEHAZE

Vous lui téléphonerez pour annuler votre accord

DUTÔT

Je ne ferai pas cela monsieur le président

DEHAZE

Vous refusez ?

DUTÔT

Assez de bêtises ont été faites pour qu'on n'y ajoute pas celle de perdre notre plus gros client

DEHAZE

Dutôt les bêtises dont vous parlez c'est vous qui les avez signées

DUTÔT

Je crois monsieur le président que les bêtises viennent de plus haut

DEHAZE

A partir de ce soir vous ne faites plus partie de la maison je demanderai à monsieur Cohen de préparer votre compte

GRANGIER *(dans le bureau d'Olivier)*

Monsieur Olivier je vous donne ma démission

MARGERIE *(au téléphone)*

Allô daddy c'est Margerie daddy j'ai regardé dans l'*Encyclopædia britannica*

GRANGIER

Une atmosphère systématique d'incompréhension le service des ventes accepte des reprises en pagaille sans que mes services en soient même avertis

MARGERIE

Et vous savez que la Pompadour n'a jamais été répudiée même quand elle a cessé de plaire physiquement au roi

GRANGIER

Et quand je gueule un petit peu parce que les camions s'amènent avec la marchandise en retour et que j'ai pas un centimètre carré où l'entreposer

MARGERIE

Elle a gardé sur lui toute son emprise intellectuelle alors je me demande ce qu'il y a de vrai dans l'histoire du petit chien

GRANGIER

C'est la boîte entière qui fout le camp il n'y a plus de boîte monsieur Olivier il n'y a plus que les gens et les gens c'est jamais très joli quand il n'y a plus de boîte pour leur donner le sentiment qu'ils font quelque chose en commun

BENOÎT *(dans le bureau du président)*

Papa il faut que je vous dise un mot méfiez-vous d'Olivier

DEHAZE

Que dis-tu ?

BENOÎT

Olivier perd un peu la tête il s'est mis dans l'idée que vous deviez céder la place

OLIVIER

Je n'accepte pas votre démission Grangier vous êtes un de nos éléments les plus valables

BENOÎT

Je ne veux pas croire qu'il vous soit déloyal alors je me dis que peut-être il a voulu éprouver mes propres sentiments vis-à-vis de vous

OLIVIER

Réfléchissez

BENOÎT

Ou peut-être est-ce la fatigue

OLIVIER

J'en parlerai à monsieur Benoît dormez bien cette nuit et demain revenez me voir

BENOÎT

La tension nerveuse due à tous ces événements

DEHAZE *(à son bureau, le téléphone sonne)*

Oui je prends

AUSANGE *(au téléphone, à son bureau)*

Je viens d'étudier le rapport de Chasseloup il en arrive à la constatation qu'en dehors de vos difficultés opérationnelles il y a un problème de fond comment dirais-je un problème de management ce qui vous expose à certaines secousses bref il conclut que de consentir ce crédit aujourd'hui représenterait pour la banque un risque qui n'est pas négligeable

OLIVIER

Alors ?

DEHAZE

Alors

OLIVIER

Papa vous avez les traits tirés vous devriez décrocher quelques jours prendre un long week-end à la campagne

DEHAZE

Olivier j'envisage de décrocher pour de bon

OLIVIER

Que voulez-vous dire ?

DEHAZE

Je songe à te laisser le champ libre

OLIVIER

C'est une décision difficile courageuse

DEHAZE

Benoît avait dit vrai

OLIVIER

Benoît vous a parlé ?

DEHAZE

Laisse-moi

OLIVIER

Papa

DEHAZE

Je ne veux plus te voir pour l'instant

BENOÎT

Mon petit Dutôt venez dans mon bureau il faut que nous prenions des décisions immédiates

DUTÔT

Je veux bien mais au point où j'en suis je me demande si ma présence peut vous être utile le patron m'a viré

BENOÎT

Quand ?

DUTÔT

Il doit y avoir une demi-heure

BENOÎT

Tiens

DUTÔT

Monsieur Cohen est en train de préparer mon compte

BENOÎT

Bon prenez votre fric mais ne vous éloignez pas trop mon vieux on se reverra

DEHAZE

Vous posez admirablement bien ce soir mademoiselle si vous saviez combien il est agréable de travailler dans ces conditions ah monsieur Toppfer oui entrez

TOPPFER

Cher monsieur Dehaze

DEHAZE

C'est très aimable de vous être dérangé dès ce soir non pas que j'envisage le moins du monde de m'en défaire mais je suis curieux de savoir ce qu'elle représente aujourd'hui

TOPPFER

Votre collection entière ? Bien entendu avant toute chose il faudrait l'inventorier

DEHAZE

Juste un ordre d'idée tenez elles sont là dans ces vitrines et les plus belles viennent de chez vous

TOPPFER

Si vous saviez quel plaisir intense j'éprouve à les retrouver voici la petite boîte carrée Louis XIV si rare par la couleur de son émail et voici l'exquise tabatière au petit chien

DEHAZE

J'ai appris monsieur Toppfer que madame de Pompadour n'a jamais connu la disgrâce

TOPPFER

Non il y a eu de petites chamailleries mais elle est toujours arrivée à rembobiner son bonhomme

DEHAZE

Mais alors Toppfer votre histoire ?

TOPPFER

Leur liaison a connu des hauts et des bas vous savez que quand Louis XV a commencé à lui faire des infidélités elle a eu l'intelligence de rechercher elle-même pour le roi des filles qui lui plairaient j'ai eu la chance de mettre la main récemment sur une tabatière avec un médaillon représentant une demoiselle ravissante et savez-vous la découverte que j'ai faite ? Le portrait était celui de mais vous ne vous sentez pas bien ?

*Dehaze s'est affaissé contre le chevalet, Toppfer s'en approche, lui secoue le bras qui retombe, inerte.*

MARGERIE *(au lit, avec Benoît)*

Quand je couchais à l'université avec les garçons américains ils étaient très sympathiques

BENOÎT

Mais ?

MARGERIE

Aussitôt quittée l'université ils devenaient des petits managers puants qui ne pensent plus à autre chose que manage their business alors je suis partie

BENOÎT

Pour Paris

MARGERIE

Qui commence à devenir pire que l'Amérique sauf les étudiants ils sont encore très bien tu sais quand je suis allée sur les barricades j'ai senti que tout était pas encore foutu mais toi tu deviens tous les jours un petit peu plus manager un peu plus con

BENOÎT

Mon petit roseau il est temps de dormir

MARGERIE

Manger travailler dormir

BENOÎT

Faire l'amour

MARGERIE

Deux fois par semaine

BENOÎT *(répondant au téléphone)*

Oui ? Je viens tout de suite *(raccrochant, sautant du lit et s'habillant)* papa ne va pas

MARGERIE

C'est grave ?

BENOÎT

Ça a l'air

MARGERIE

Oh je viens moi aussi

*Chambre d'hôpital.*

DOCTEUR TEMPLE

Pour l'instant on ne peut rien dire nous l'avons mis en réanimation à présent le cœur bat normalement

OLIVIER

Il respire ?

*Dans les bureaux.*

MADAME BACHEVSKI

Le pronostic est réservé

MADAME ALVAREZ

Mais la science fait quand même des miracles Passemar passez-moi ce dossier

MADAME BACHEVSKI

Neuf jours après son infarctus il n'a pas repris connaissance

COHEN

On ne retrouvera plus un homme pareil

MADAME BACHEVSKI

Profondément humain

BENOÎT

Mettez vos scrupules dans votre poche Cohen vous vous expliquerez plus tard avec la banque

COHEN

Jamais monsieur Fernand n'aurait accepté qu'on fasse une chose pareille et je pense que monsieur Olivier

BENOÎT

J'aime bien discuter avec vous Cohen mais pour l'instant taisez-vous et faites ce que je vous dis

MADAME ALVAREZ

Passemar comment se fait-il que cette réclamation

MADAME BACHEVSKI

Quand on lui parle

MADAME ALVAREZ

Soit restée sans réponse

MADAME BACHEVSKI

Mais quand on lui pince la jambe

COHEN

Mon Dieu

MADAME ALVAREZ

Il la retire

## TROISIÈME MOUVEMENT

### la prise du pouvoir

*L'Infirmerie, boîte à jazz dans le quartier de Montparnasse. Alex, Art et Butch répètent ou improvisent : musique à la limite extrême de la tension, parfois de l'audible. Comportement souple, nonchalant et sérieux des trois musiciens.*

ALEX

Un chien meurt d'un coup dans le granit mais ça n'est pas encore ça

OLIVIER *(dans le bureau d'Ausange)*

Aujourd'hui ce n'est que trop clair

ALEX

Je voudrais que ça soit un peu plus indescriptible

OLIVIER

Papa a été terrassé quelques heures après que Benoît est allé froidement lui conter ces énormités comment ne pas penser qu'il y a eu je répugne à employer les grands mots vous m'excuserez une sorte d'assassinat aujourd'hui je me sens dans l'obligation de prendre la présidence pour assurer la continuité dans un esprit de fidélité à tout ce que papa a entrepris

ALEX

On vous pend sec sec on vous fait avaler du sable très éclaté on reprend plus rachitique il ne reste que le squelette même plus il faut rester là-dessus on est presque bon là vous savez

*Butch sort et revient.*

BUTCH

Alex a girl she asks to see you

ALEX

Ah ?

BUTCH

She says her name is Jiji

ALEX

Ah Jiji ?

BUTCH

You know her ?

ALEX

Non *(entre Jiji)* Va t'asseoir là Jiji *(reprise de la musique)* on ne caresse pas un chien qui meurt

JIJI

Surtout pas

ALEX

Sauf cas de force majeure

JIJI

Comme dans les polices d'assurance

ALEX

Exact et tu viens pourquoi  ?

JIJI

Me marier ici c'est ?

ALEX

L'Infirmerie

JIJI

Je veux vous écouter travailler après on va se marier tout est arrangé

ALEX

Ton père a donné sa bénédiction ?

JIJI

Mais pas de dot il est représentant en papier hygiénique et les affaires vont couci-couça

ALEX

Il est mort au fond d'un chiotte le mien et ta mère ?

JIJI

Et la vôtre ? L'Infirmerie j'aime bien ce nom pour une boîte et puis ça vous va bien j'aime bien cette musique qui court après sa queue

AUSANGE

Oui mais qu'attendez-vous de moi ?

OLIVIER

Ce que je vous demande au nom de votre amitié pour papa c'est de me proposer la formule de crédit qui nous donnera la possibilité de reprendre notre souffle et puis de retrouver le chemin de la prospérité deux ou trois millions

MADAME BACHEVSKI *(dans le bureau de Cohen)*

Les fournisseurs en viennent aux menaces vous auriez entendu Barberin s'époumonant je me suis mise à plat ventre moi madame Bachevski mais ils ne veulent plus rien entendre monsieur Cohen ils veulent être payés vous comprenez ?

COHEN

Ils seront payés

MADAME BACHEVSKI

Aujourd'hui ?

COHEN

Ce serait aventureux de vous le promettre madame Bachevski

MADAME BACHEVSKI

Ils ne livreront pas le solde de la commande alors vous allez laisser s'arrêter l'usine ?

COHEN

Quand j'étais petit dans ma famille on racontait l'histoire de rabbi Mendel un jour qu'il n'y avait à la maison plus une miette de pain

ALEX

Comme ça t'aimes rien faire

JIJI

Oui faire en général j'aime pas trop

ALEX

Dormir ?

JIJI

Non être sur le ventre sucer une paille ou bien me balancer

ALEX

Tu fais ça souvent ?

JIJI

Des fois

ALEX

A quoi tu te balances ?

JIJI

Sur une jambe

ALEX

T'es une dame organisée

PASSEMAR

Et un jour je me suis rendu chez monsieur Onde j'avais encore des cheveux épais comme ça j'étais mince timide et audacieux

MONSIEUR ONDE *(dans son cabinet de travail)*

Approchez ne vous prenez pas les pieds dans ces piles de livres

PASSEMAR

Vous vous y retrouvez ? Dans l'immensité de votre champ de recherche vous êtes seul ?

MONSIEUR ONDE

On n'emmène pas des gens avec soi quand on est une taupe creusant ses galeries sans presque jamais faire surface savez-vous pourquoi je vous ai abordé un jour après mon cours ? Vous me faisiez mal aux yeux les taupes supportent mal le soleil

PASSEMAR

Quand je vous écoute toutes sortes de choses se relient cela irradie

MONSIEUR ONDE

Quelle ironie lorsque je me retourne en arrière la seule constante c'est ce sentiment de cheminement dans le noir avec peut-être une lueur falote intermittente mais qui ne s'est jamais laissé entièrement souffler je n'ai jamais douté que tout système mythologique signifie quelque chose aide la société qui le pratique à s'accepter à être fière de son passé confiante dans son présent et son avenir

*Salle de conseil de Ravoire et Dehaze.*

OLIVIER

Ma chère tante Yvonne mon oncle merci de vous être dérangés

TANTE YVONNE

Mon pauvre petit Olivier

OLIVIER

C’est en tant que membres de la famille bien sûr mais aussi en tant qu’administrateurs de la société qu’il vous revient

TANTE YVONNE

Ce pauvre Fernand est toujours aussi bas ?

OLIVIER

Il est nécessaire que le conseil se réunisse

TANTE YVONNE

Mais le pauvre Fernand

OLIVIER

Et nomme un président-directeur général

TANTE YVONNE

Tant que Fernand ne sera pas sorti d’affaire ça ne peut être que toi mon pauvre Olivier

OLIVIER

C'est une simple formalité

TANTE YVONNE

Ce qu'il faut faire il faut le faire

JIJI

T'avais quel âge ?

ALEX

Deux ans et demi et huit ans quand j'en suis sorti normalement les enfants qui savaient marcher marchaient droit au four crématoire mais ma mère était une extraordinaire pianiste elle était la plus grande interprète vivante de Mozart le commandant du camp avait une passion pour Mozart alors il a trouvé pour ma mère une place au bordel ma mère était très jolie très mince avec de grands yeux noirs des cheveux noirs très longs de longs doigts très fins deux fois par semaine il la faisait venir du bordel pour la soirée il restait sans bouger dans un fauteuil de cuir rouge à fumer son très long cigare pendant qu'elle jouait des sonates toutes les sonates

JIJI

Et toi ?

*Chambre d'hôpital.*

DOCTEUR TEMPLE

Cet appareillage que vous voyez fait qu'il respire comme vous le constatez tout à fait normalement

BENOÎT

Si vous le débranchez ?

DOCTEUR TEMPLE

C'est la fin instantanée

BENOÎT

Et le jour où nous ne pourrons plus allonger ces deux cents billets par jour ?

JIJI

Dansons tu ne sais pas danser ?

OLIVIER *(apparaissant)*

Comment va-t-il docteur ?

DOCTEUR TEMPLE

On note chez lui des alternatives de veille et de sommeil en ce moment il est sans doute réveillé

OLIVIER

Papa

DOCTEUR TEMPLE

C'est un cas dont nous sommes assez fiers après six semaines de coma

OLIVIER

Papa c'est Olivier

DOCTEUR TEMPLE

Ses reins son appareil nutritionnel fonctionnent parfaitement

BENOÎT

A quoi est-ce que ça mène ?

DOCTEUR TEMPLE

Le devoir du médecin

BENOÎT

On tourne en rond docteur

OLIVIER

Mais tu vois bien qu'il vit

JIJI

Continuons à danser tu danses déjà

ALEX

Ils ont abattu mon père avec plusieurs autres malades alors qu'ils chiaient dans les feuillées ils trouvaient que ça durait trop longtemps mon père était un latiniste distingué spécialiste de l'histoire de Rome dans sa jeunesse c'était aussi un footballeur réputé

JIJI

Toi tu n'as pas une gueule de sportif

ALEX

Mon père était une exception les Juifs en général sont minables

JIJI

Ils ont les épaules voûtées

ALEX

Et les doigts un peu crochus

JIJI

Montre tes doigts aïe tu m'as fait mal

ALEX

Les Juifs font mal

JIJI

Pourquoi tu es juif ?

ALEX

C'est une vieille histoire par où commencer

JIJI

Accouche

ALEX

Oui tu es une splendide sage-femme

JIJI

Je suis la désarmante prêtresse des happenings du 8 rue Vaneau

AUSANGE *(dans son bureau)*

Et vous l'avez connue ?

BENOÎT *(dans le bureau d'Ausange)*

Non je n'ai jamais vu ma mère je n'ai appris que très tard qui elle est qui elle a été elle est aujourd'hui la veuve crainte et revérée richissime et paraît-il énormément grasse au dernier degré diabétique d'un super magnat du pétrole dans le Texas elle a été la secrétaire estimée et extrêmement bien tournée de mon grand-père et c'est tout naturellement qu'elle a été amenée à assurer l'initiation amoureuse du fils unique de son patron mon père a accepté de sages fiançailles qui cadraient avec les intérêts familiaux et puis je suis né dérangeant tout le monde cinq mois après les noces Olivier est venu ponctuellement neuf mois après ces mêmes noces et la jeune épouse de mon père dans un élan où j'imagine que se mêlaient le goût du pardon l'amour des belles actions et peut-être l'amour tout court a accepté que je prenne place au foyer au même titre qu'Olivier

AUSANGE

Olivier semble ressentir de l'amertume à votre endroit

BENOÎT

Olivier veut faire de Ravoire et Dehaze un monument consacré à la mémoire de son père et de son grand-père avec pour résultat probable qu'il n'y aura plus de Ravoire et Dehaze dans quelques mois sinon dans le souvenir attendri de quelques bons vieux employés d'ailleurs au chômage le redressement est encore possible mais il exige une attitude absolument nouvelle partir de zéro vivre une aventure avec tout ce que cela comporte de rigueur de don de soi parce que le potentiel de ce marché est immense parce qu'il y a plus de place qu'il n'en faut et pour nous et pour les Américains parce que nous avons des atouts qui doivent nous permettre de battre les Américains à leur propre jeu moi ça me passionnerait de me jeter dans cette aventure-là et je me crois capable de réussir mais à deux conditions que je vous demande de bien peser la première c'est que je dispose tout de suite du fonds de roulement indispensable soit un prêt de six millions remboursable à partir de la troisième année la seconde condition c'est que j'aie les coudées franches autrement dit tous les pouvoirs de décision

*Salle de cours du Collège de France.*

MONSIEUR ONDE

L'histoire commence par les rêves qu'eut une nuit Baldr fils d'Odin des rêves lourds de menaces pour sa vie que savons-nous de ce Baldr ? Rien que du bien parmi ceux qui peuplent la société des dieux scandinaves il est le meilleur il est beau et brillant au point qu'il émet de la lumière et il y a une fleur des champs si blanche qu'on l'a comparée avec les cils de Baldr elle est la plus blanche de toutes les fleurs des champs

*Bureau de madame Bachevski.*

MADAME ALVAREZ

Je voudrais savoir comment vous avez osé envoyer cette lettre

MADAME BACHEVSKI

Je voudrais savoir comment vous osez me parler sur ce ton

MONSIEUR ONDE

Baldr a un frère Hödhr dont on nous dit seulement qu'il est aveugle et qu'il est fort *(Le plateau est investi par le pianiste et les trois danseurs masqués, habillés en dieux scandinaves, qui exécutent des mouvements, s'interrompent, reprennent, recommencent le même ensemble de gestes.)* Quand Baldr eut raconté ses songes menaçants Frigg sa mère recueillit des serments garantissant que le feu ne lui ferait aucun mal ni l'eau ni le fer ni les pierres ni la terre ni les bois ni les oiseaux cela fait Baldr et les Ases s'amusèrent ainsi lui se tenait au milieu de la cour du palais et tous les autres lui jetaient des pierres mais cela ne lui faisait aucun mal

MADAME ALVAREZ

C'est ça drapez-vous dans votre dignité offensée

MADAME BACHEVSKI

Si vous continuez à trépigner le plancher risque bien de céder sous votre poids

MADAME ALVAREZ

Plutôt que de vous inquiéter de la solidité de la construction dites-moi depuis quand vous êtes chargée de la correspondance avec la clientèle

MONSIEUR ONDE

Quand Loki vit ce spectacle cela lui déplut Loki est un personnage fourmillant d'idées malin et sans scrupule aimant faire le mal pour s'amuser le voici donc qui va trouver Frigg et pour cela il emprunte les traits d'une femme

MADAME BACHEVSKI

N'oubliez pas que j'ai occupé vos pantoufles il y a quelques années je connais la clientèle

MADAME ALVAREZ

Si monsieur Fernand vous a déplacée pour me mettre à votre place il avait de bonnes raisons ah mais lâchez-moi

MADAME BACHEVSKI

Attention à vos lunettes

MONSIEUR ONDE

Les deux femmes ayant noué conversation Loki demande "tous les êtres ont-ils juré d'épargner Baldr ?" Frigg répond "oui à part une jeune pousse de gui elle m'a semblé trop jeune pour que je réclame son serment" à peine hors de vue Loki est allé au-devant de la pousse de gui l'a arrachée et se rend au palais Hödhr se tient à l'écart du cercle des gens parce qu'il est aveugle Loki l'aborde "fais comme les autres attaque-le lance cette pousse de gui contre lui"

*Cohen est apparu.*

COHEN

Deux enfants on dirait deux enfants mais ce n'est pas possible de vous emporter comme ça madame Alvarez et vous madame Bachevski

MADAME ALVAREZ

Demandez-lui qui l'a autorisée à correspondre avec la clientèle

COHEN

Mon Dieu madame Bachevski

MONSIEUR ONDE

Hödhr prit la pousse de gui et guidé par Loki la lança sur Baldr qui tomba mort sur la terre ce fut le plus grand malheur qu'il y ait eu chez les dieux et chez les hommes

MADAME BACHEVSKI

J'avais ce dossier entre les mains quand monsieur Benoît est entré dans mon bureau excédé par l'incurie du service administratif et il m'a dit de répondre moi-même et au plus vite à monsieur Simonnot

MONSIEUR ONDE

Ce drame comme il ressort de la structure même du poème est la clé de voûte de l'histoire du monde par cet événement la médiocrité de l'âge actuel est devenue sans remède

MADAME ALVAREZ

Demandez-lui monsieur Cohen qui est le patron et depuis quand elle prend ses ordres de monsieur Benoît

MADAME BACHEVSKI

On peut se le demander qui est le patron oui

COHEN

Monsieur Olivier est le patron

MADAME BACHEVSKI

Mais c'est monsieur Benoît qui est sur la brèche

MADAME ALVAREZ

De quoi s'occupe-t-il sur sa brèche ? D'attiser les intrigues d'aggraver les divisions

MONSIEUR ONDE

Mais au désastre succédera un renouveau la terre émergera de la mer belle et verte et sans semailles le grain y poussera tous parleront amicalement du passé et de l'avenir et les tables d'or qui avaient appartenu aux Ases seront retrouvées dans le gazon

PASSEMAR

Tout compte fait je crois que je ferais mieux de renoncer à ces dieux scandinaves

ALEX

Oah on arrache il ne reste rien personne n'entre ça ne va pas ça ne va pas du tout on recommence

BUTCH

It's our Jiji

ALEX

Tu t'agrippes et tu lâches on reprend voilà c'est ça plus rien

JIJI *(entrant)*

C'était un grand truc hier soir à la piscine Molitor

ALEX

Qu'est-ce que tu as fait de tes cheveux ?

JIJI

Ils m'ont rasée j'ai soif

ALEX

Ton nez est devenu plus long

JIJI

Je suis grande et belle ?

ALEX

Tes yeux sont plus grands

JIJI

On n'a jamais été aussi loin d'un seul coup on a été très très loin

ALEX

Bois

JIJI

Il y avait Claes Oldenburg l'Américain

MARGERIE *(au téléphone)*

Tu sais je m'identifie à cette marquise je vais écrire une thèse sur le rôle des petits objets précieux dans l'évolution politique de la cour entre 1740 et 1769 et je la présenterai pour mon Ph.D. à l'université de Berkeley Benoît débrouille-toi pour garder ces tabatières j'en suis folle

JIJI

Ça se passait dans la piscine et autour de la piscine un garçon Lucas apporte une chaise jaune il pose la chaise sur l'eau plusieurs fois il essaie de s'asseoir dessus et il coule il recommence il enlève ses vêtements et les attache sur la chaise soigneusement alors la chaise devient une chose libre flottant avec son tas de vêtements et Lucas aussi devient une chose libre un flotteur moi j'attache des ballons rouges au bout d'un fil à toutes les parties de mon corps pendant que d'autres font d'autres actions Henri arrive avec un canot il déplie un journal Barbara nage doucement jusqu'au canot il y en a deux qui me tiennent la tête Henri affûte un rasoir il me rase mes cheveux s'éparpillent dans la piscine en même temps que toutes sortes d'autres choses flottantes qui peu à peu encombrent la piscine Oldenburg appelle ça les flotteurs ce sont les résidus de toutes les actions j'avance je flotte je suis rigide le moment venu David vient nager autour de moi il commence à mordre les ballons qui éclatent en faisant beaucoup de bruit à la fin je coule alors il s'éloigne ça fait partie des choix les acteurs peuvent faire des choses n'importe lesquelles pourvu que ça entre dans les temps entre le début et la fin d'une action

ALEX

Quand tu es entrée la tête toute nue pendant un instant j'ai vu maman

JIJI

On l'avait rasée ?

ALEX

Pendant que tu parlais j'ai vu j'ai revu les actions ça se prononçait "aktion" c'était le même mot un peu la même chose c'était à Lvov en Ukraine la différence

OLIVIER *(dans son bureau)*

Ah non Cohen pas vous

COHEN

Monsieur Olivier quand j'ai fait l'année dernière ma double pneumonie et que les docteurs ne me donnaient aucune chance

OLIVIER

Vous avez fait une magnifique remontée

COHEN

Mais à quoi bon ? J'aurais préféré ne jamais vivre ça

ALEX

La différence c'est que les actions dont tu parles sont elles-mêmes des flotteurs dans leur banalité elles atteignent une fantastique intensité justement parce qu'elles ne se raccrochent à aucune cause à aucun passé les actions allemandes sous l'Occupation échappaient aussi à l'entendement pourquoi faisaient-ils ceci et pas cela ? Dans le détail nous les Juifs étions les flotteurs nous ne pouvions pas nous défendre parce que nous ne pouvions pas comprendre nous ne pouvions pas comprendre parce qu'il n'y avait rien à comprendre mais la différence

OLIVIER

Vous êtes un peu le patriarche ici le roc il est important que les gens qui tous vous respectent voient bien que vous n'avez pas perdu confiance Cohen

COHEN

Plus d'une semaine que je me débats à coups d'expédients pour qu'on ne puisse pas dire que la maison a arrêté ses paiements

OLIVIER

Je sais pour l'instant je refuse votre démission

ALEX

La différence c'est qu'en prenant un peu de recul les actions des Allemands apparaissent comme ayant eu globalement un sens

JIJI

Quel sens ?

ALEX

L'anéantissement des Juifs

AUSANGE *(au téléphone)*

Ah c'est amusant j'avais complètement oublié que tu avais aussi invité Toppfer à dîner ce soir au contraire il est plein d'histoires tout à fait croustillantes il n'y a pas de problème Lucienne j'enverrai le chauffeur chez Fauchon il prendra un homard de plus et puis c'est tout

JIJI

Donne un exemple

ALEX

Ça se passait à Lvov les Allemands fouillent les maisons où sont déclarés des Juifs les jeunes sont empilés dans un bâtiment tandis que les vieux sont emmenés faire de la gymnastique sur un terrain de hockey et là on les divise en deux groupes ceux qui étaient devant sont relâchés libres ils rentrent chez eux ceux qui étaient derrière passent la nuit sur le terrain de hockey entre les mains des SS qui les font courir sous une pluie de coups de matraque et qui piétinent à mort ceux qui tombent ça c'était la première aktion dans la ville de Lvov l'aktion suivante a commencé de la même façon mais du terrain de hockey les hommes ont été conduits à une ancienne fabrique de bonbons là on les a fait décharger d'un wagon des sacs de ciment et les recharger dans le même wagon sous les coups de matraque ceux qui survivaient ont ramassé les corps et on les a emmenés se laver sous la douche où quelques autres sont morts et puis ils ont été libérés

AUSANGE *(au téléphone)*

Et puis nous ne sommes pas sûrs que vous êtes personnellement Olivier le manager qui convient dans une situation comme celle-ci j'ai pour vous la plus vive estime personnelle mais vous êtes mon cher un patron pour temps paisibles donc une condition que nous mettons à la souscription de ce prêt c'est la remise des pouvoirs à Benoît qui nous paraît être plus méchant que vous or il nous faut un méchant bonhomme qui aime mordre avec lui la banque croit pouvoir prendre le risque à condition toutefois que nous puissions un peu contrôler les événements aussi nous pensons raisonnable que la banque se voie offrir quatre sièges à votre conseil

*Couloirs.*

MADAME ALVAREZ

Comment ? Vous de retour ?

DUTÔT

Tiens et vous encore là ? Je vous croyais à la retraite

*Dutôt s'efface.*

MADAME ALVAREZ

Benoît ne perd pas son temps

COHEN

Notre temps à nous est fini

*Chambre d'hôpital.*

DOCTEUR TEMPLE

Nous allons devoir transférer ce soir votre père à un autre étage

OLIVIER

Mais pourquoi ?

DOCTEUR TEMPLE

Cet équipement nous fait défaut pour un cas qui présente comment dirais-je un degré d'espérance plus élevé

OLIVIER

Ce qui veut dire ?

DOCTEUR TEMPLE

J'en ai parlé ce matin cher monsieur à votre frère vous m'excuserez ? Je dois continuer ma visite

OLIVIER

Vous n'avez pas le droit

BENOÎT

Je lui ai dit hier que nous ne pouvions plus continuer à allonger tous ces radis

OLIVIER

Tu l'assassines une deuxième fois

MADAME BACHEVSKI

Je ne vous comprends pas vous pleuriez d'avoir le coffre vide et maintenant qu'il est plein

COHEN

Il y a mille et une façons pour un coffre de se remplir madame Bachevski quelquefois devant l'événement il vaut mieux se taire un jour que rabbi Zozia se retournait dans son lit sans pouvoir s'endormir

MADAME BACHEVSKI

Ah non merci

*Benoît et Margerie entrent à L'Infirmerie.*

BENOÎT

C'est une petite boîte qui monte *L'Express* en parle cette semaine c'est amusant non ?

MARGERIE

Le jazz me donne le cafard comme tout ce qui vient d'Amérique pourquoi est-ce que vous autres devez singer tout ce qui vient d'Amérique

BENOÎT

C'est le dernier cri ici ça va plus loin que le free de Coltrane c'est vous le patron ?

ALEX

Oui

BENOÎT

C'est amusant chez vous c'est très sympathique

ALEX

On fait ce qu'on peut

BENOÎT

Non je vous assure c'est plein d'idées

## QUATRIÈME MOUVEMENT

### Mousse et Bruyère

*Le comptoir de Lépine Frères.*

LUBIN

Une offre sensationnelle madame Lépine nous avons pensé à vous

MADAME LÉPINE

Moi il m'arrive quelquefois de penser à vous comme hier soir justement quand je comptais mon stock

LUBIN

Justement le principal c'est que les stocks bougent et pour les faire bouger ma société lance un concours qui va passionner toutes les ménagères de France

MADAME LÉPINE

Le représentant de la United Paper sort d'ici vous vous êtes fait coiffer au poteau leur marchandise elle entre et elle sort c'est beau ça

LUBIN

Leur concours n'est rien à côté du nôtre madame Lépine nous offrons

MADAME LÉPINE

Monts et merveilles peut-être mais moi je vais vous dire que leur concours à eux ça va rendre parce que les détaillants ils sont enthousiasmés parce qu'un rouleau de Softies ça leur fait gagner une fois et demie de plus

LUBIN

Nous offrons un voyage aller-retour aux Baléares

*Bureau du président.*

JENNY

Non merci je préfère m'asseoir par terre

BENOÎT

Je sais que ces vieux fauteuils sont un peu ridicules mademoiselle prenez au moins cette chaise

JENNY

Je m'assieds toujours par terre

BENOÎT

Et vous monsieur Donohue

JACK

On va laisser les monsieur et les mademoiselle au vestiaire vous voulez bien Ben ? Elle c'est Jenny et moi c'est Jack alors voilà on a établi notre petit diagnostic on a reniflé le marché on a bavardé avec vos gens c'est un problème vraiment excitant parce qu'il faut partir de zéro complètement laissez-moi vous demander Ben qu'est-ce que vous vendez ?

BENOÎT

Qu'est-ce que je vends ?

JACK

Oui

BENOÎT

Du papier-toilette

JACK

A quoi est-ce qu'il sert ?

BENOÎT

A quoi est-ce qu'il sert ?

JACK

Oui

BENOÎT

A s'essuyer

JACK

Quoi ?

BENOÎT

Le postérieur

JACK

Après avoir fait quelle chose ?

BENOÎT

Comment ?

JACK

Après avoir fait quoi ?

BENOÎT

Après avoir

JACK

C'est difficile à venir hein ? Ça fait mal à extraire de la bouche comme ça fait mal de chier après des semaines de constipation mais votre boîte c'est de ça qu'elle est malade

JENNY

Vous vendez un produit distant abstrait

JACK

Sans aucune vibration affective

LUBIN

Vous plaisantez madame Lépine

MADAME LÉPINE

Pas du tout

LUBIN

Vous ne pouvez pas me faire ça

MADAME LÉPINE

Mes clients je les ai tous lancés sur le concours Softies et vous pouvez me croire ils y vont ils veulent tous gagner l'Opel Rekord

LUBIN

Faites-leur aussi gagner les îles Baléares

MADAME LÉPINE

La prochaine fois

JACK

Dans l'alimentation il y a ce qui entre et ce qui sort l'input et l'output

JENNY

Vous êtes dans le circuit alimentaire et vous l'ignorez

JACK

L'input depuis l'âge de pierre est de tous les marchés le plus considérable

JENNY

Mais aujourd'hui que l'économie du superflu vient se substituer à l'économie de nécessité

JACK

L'output aussi peut devenir un marché colossal

BENOÎT

Bon mais pratiquement que me proposez-vous comme action ?

JACK

L'action Ben ça se déroule comme une pelote de laine à partir du moment où il y a une vision

JENNY

Nous pouvons vous forcer à ouvrir les yeux alors vous vous émerveillerez

JACK

Mais avant de réussir à voir il faut déblayer il faudra remuer des tonnes d'idées reçues d'inhibitions toute cette caillasse stérile

JENNY

Vous pouvez utiliser Donohue and Frankfurter comme un bulldozer qui vous garantit l'enlèvement de ces obstacles

JACK

Nous pourrons alors

JENNY

Mais alors seulement

JACK

Vous aider à définir vos objectifs établir votre stratégie élaborer vos plans

*Les trois danseurs, masqués et vêtus en enquêtrices, un micro à la main, investissent la salle abordant tel ou tel spectateur en lui posant les questions de l'enquête. Sur le plateau, Passemar seul, assis dans un fauteuil en osier.*

LES ENQUÊTRICES

Bonjour monsieur (madame) je travaille pour une société de sondages nous faisons actuellement une étude sur les usages des consommateurs dans certains domaines de la vie quotidienne

Avez-vous été à la selle pendant ces dernières vingt-quatre heures

Combien de fois approximativement avez-vous été à la selle au cours de ces sept derniers jours avez-vous une tendance à la diarrhée à la constipation

Lorsque vous allez à la selle combien de temps estimez-vous en moyenne demeurer aux doubles vécés

Aller à la selle représente pour vous un moment de détente une nécessité désagréable y prenez-vous plutôt du plaisir observez-vous dans ces instants un afflux d'idées

Connaissez-vous la marque du papier que vous utilisez

Savez-vous comment se désigne habituellement ce type de papier bulle-corde crêpé ouate de cellulose

La dernière fois que vous êtes allé à la selle combien de feuilles avez-vous utilisées les avez-vous doublées les avez-vous pliées en deux

Quelle est votre profession

Quel est votre âge

*Les trois danseurs rejoignent le plateau, ordonnent leur danse autour de Passemar tout en continuant, dans un chuchotis qui ne cesse de s'accélérer, de poser les questions de l'enquête.*

PASSEMAR

Décidément je vais supprimer ces intermèdes qui grèvent inutilement le coût de la production la vérité est que j'oscille entre deux formes de théâtre le théâtre sauvage où tout est permis *(à présent les danseurs entreprennent de dépouiller Passemar de ses vêtements)* non pas ça je ne veux pas de ça j'ai horreur de ça arrêtez ça tout de suite s'il vous plaît *(les danseurs entreprennent une danse couchée, tout en glissements les uns sur les autres, tandis que leur chuchotis continue véhément)* et le théâtre qui se situe dans la grande tradition ce qui n'exclut pas l'audace et l'innovation mais dans la crise actuelle il faut bien admettre que le seul théâtre qui fasse des recettes est un théâtre qui répond à la demande d'un public qui est le public de la société de consommation alors il faut lui offrir le produit qu'il désire c'est-à-dire le marketing mix qui fait tilt chez Ravoire et Dehaze c'est le mot qui est dans toutes les bouches depuis quelques semaines moi je veux bien c'est même assez passionnant d'assister à cette transformation mais je crains que cela ne se fasse en dehors et au détriment des cadres de l'ancienne génération dont on suppose à priori qu'ils ne sont pas à même de suivre le mouvement il faut que je demande un entretien à monsieur Benoît

*Entre-temps, les trois danseurs ont porté Passemar en procession sur son fauteuil et l'ont déposé dans le bureau de madame Alvarez.*

MADAME ALVAREZ

Vous Passemar vous devriez réagir

PASSEMAR

Mais comment ?

MADAME ALVAREZ

Devant la tournure que prennent les choses

OLIVIER *(entrant)*

Comment tournent-elles ?

MADAME ALVAREZ

De mal en pis monsieur Olivier puisque vous me posez la question

COHEN *(entrant)*

Monsieur Olivier je crois nécessaire d'avoir votre accord pour le règlement de cette note d'honoraires

OLIVIER

Qu'avez-vous Cohen ?

COHEN

Les bras m'en tombent monsieur

OLIVIER *(lisant)*

Donohue and Frankfurter conseillers en marketing *(silence)* impossible ils se sont trompés d'un zéro

*L'atelier-salon de feu monsieur Dehaze.*

TOPPFER

Vous m'excuserez de ne pas pouvoir surmonter ma profonde émotion

BENOÎT

Je vous ai prié

TOPPFER

Ici même dans cette pièce votre père

BENOÎT

Je vous ai fait venir

TOPPFER

Savez-vous quelle a été sa dernière parole ? Il a dit "Mais alors Toppfer votre histoire ?" et il s'est affaissé là contre le chevalet

BENOÎT

Cette collection avec mon frère nous envisageons de la réaliser et nous voulons savoir

TOPPFER

C'est un ensemble rare ce sera une tristesse pour moi de le démembrer

BENOÎT

Que peut-on en tirer monsieur Toppfer ?

*Entre Margerie.*

TOPPFER

Si vous désirez que je vous fasse une offre

MARGERIE

Mais il n'est pas question de vendre

MADAME LÉPINE

C'est non

LUBIN

Vous ne pouvez pas

MADAME LÉPINE

C'est comme ça

LUBIN

Laissez-moi au moins vous noter trois petites grosses

MADAME LÉPINE

J'ai ce qu'il me faut merci

LUBIN

Pour marquer mon passage *(un silence)* je savais bien que vous n'alliez pas me faire ça nous disons deux grosses traites à vue deux pour cent comme d'habitude et le petit Raymond a fait sa communion ?

MADAME LÉPINE

Ce gosse s'intéresse qu'à son catéchisme j'espère qu'ils ne vont pas m'en faire un curé

LUBIN

Je me fais du souci pour ma gosse à moi

BENOÎT

Mon petit roseau voilà que tu me montres les dents

MARGERIE

Je sens bien que tu es décidé à les vendre et moi je suis décidée à les garder

BENOÎT

Petit caprice qui te passera viens au lit

LUBIN

Un jour il y a six mois de ça elle nous a dit je me marie et puis

BENOÎT

N'oublie pas que tu m'as épousé pour l'argent

MARGERIE

Et aussi je t'aimais

LUBIN

Elle est arrivée à table le crâne ras comme un œuf cet homme l'a obligée à se faire tondre comme une putain à la Libération comme ma femme en faisait une dépression nerveuse j'ai un copain il est détective privé

BENOÎT

Dans moins de cinq ans Margerie la bonne vieille affaire paternelle vaudra dix à quinze fois ce qu'elle vaut aujourd'hui

LUBIN

En fin de compte j'aurais préféré rien savoir c'est un Israélite qui a fait les camps de concentration un enfant d'Auschwitz quoi

MADAME LÉPINE

Non

LUBIN

Raflé avec sa famille et revenu seul complètement déboulonné naturellement

BENOÎT

L'argent des tabatières je l'apporte à Ravoire et Dehaze

MARGERIE

L'argent l'argent tu vas finir par me dégoûter de ton argent

LUBIN

Il tient un club de jazz à Montparnasse avec un monde tout ce qu'il y a de douteux des Arabes des Noirs des beatniks

MADAME LÉPINE

Votre fille

LUBIN

Y est fourrée tous les soirs

OLIVIER *(à Benoît qui apparaît)*

Cohen a voulu me faire viser cette note d'honoraires

BENOÎT

Ils sont fabuleusement chers ils ont raison

OLIVIER

Comment ?

BENOÎT

Puisqu'ils trouvent des gens comme moi pour payer

COHEN

Je voudrais

BENOÎT

Ce sera le plus rentable de nos investissements

COHEN

Nos frais généraux ont augmenté de cent quinze pour cent dans les deux derniers mois tandis que notre chiffre d'affaires

SAILLANT

Continuera à baisser de trois à quatre pour cent par mois pendant sept à huit mois et pendant cette période nos dépenses vont encore doubler sinon davantage

BENOÎT

Je ne vous ai pas présenté André Saillant depuis lundi notre controller voici madame Alvarez qui tient l'administration vous dépendrez maintenant de monsieur Saillant et voici notre chef comptable monsieur Cohen vous aussi monsieur Cohen dépendrez de monsieur Saillant mais vous vouliez Cohen attirer mon attention

COHEN

Je disais monsieur Benoît je disais

BENOÎT

Eh bien Cohen ?

COHEN

Monsieur Benoît depuis que je suis chef de la comptabilité j'ai toujours dépendu directement du président

BENOÎT

Oui et à présent vous dépendrez du controller mais vous me parliez je crois des frais généraux

COHEN

Vous courez à la catastrophe et ne comptez pas sur moi pour y participer

BENOÎT

Gardez votre sérénité et voyons un peu cette catastrophe

COHEN

En mars la perte s'est montée à cent trente mille

SAILLANT

En avril elle atteindra cent cinquante-cinq

BENOÎT

Et à partir de mai jusqu'en décembre j'escompte perdre de deux cents à deux cent cinquante mille francs par mois vous ne m'apprenez rien Cohen

LUBIN

Que voulez-vous c'est comme ça

MADAME LÉPINE

Faut vous ressaisir voyons

LUBIN

Si les affaires marchaient comme on voulait ça aiderait à être philosophe quand les choses se détraquent dans votre foyer

MADAME LÉPINE

Eh oui

LUBIN

Si tout allait bien à la maison ça permettrait de garder le moral quand on ne prend pas la moitié des commandes qu'on prenait l'année précédente

MADAME LÉPINE

Qu'est-ce que vous voulez

LUBIN

C'est surtout qu'on se laboure le crâne pour comprendre est-ce que c'est ma faute bon Dieu est-ce que tu déclines Lubin pourtant je vous assure madame Lépine qu'à quarante-neuf ans je me sens dans la force de l'âge

*Couloirs.*

MADAME BACHEVSKI

Le patron m'a demandée ?

COHEN

Monsieur Benoît rassemble les cadres supérieurs

MADAME BACHEVSKI

Que se passe-t-il ?

MADAME ALVAREZ

C'est pour nous faire avaler quelques couleuvres il m'en a déjà donné la primeur madame Bachevski

MADAME BACHEVSKI

Vous imaginez peut-être que je ne suis pas au courant madame Alvarez ?

*Salle de réunion.*

BENOÎT

Vous dire où nous en sommes où nous allons ? En ce moment nous raclons le fond et nous allons le racler encore un peu plus durement pendant quelque temps et puis nous allons bondir oui nous allons cesser de rester assis pour adopter une attitude bondissante la seule possible devant le défi qui nous est fait la seule qui me plaise aussi et ceux d'entre vous qui n'adopteront pas la cadence eh bien ils resteront sur le quai ce n'est pas une menace c'est une constatation l'aventure à laquelle je destine l'entreprise voulez-vous la vivre avec moi ? Avec le nouveau produit dont le lancement est prévu pour le début de l'année non seulement nous devons reprendre et au-delà tout le terrain cédé à l'adversaire mais nous pouvons faire éclater les limites mêmes du marché vous avez constaté que j'ai engagé certaines nouvelles dépenses par contre il y a des dépenses qui peuvent vous paraître indispensables et que je supprimerai la hache s'abattra dans tous les secteurs il y a une chose qui est terminée je ne vous le demande pas je vous le dis ce sont les chamailleries entre certains d'entre vous tout ce grenouillage de couloirs ça n'a plus de place dans la maison pour la bonne raison que nous n'avons pas trop de temps et d'énergie pour l'œuvre à accomplir et pour finir je procède à un apport de sang neuf dans la maison Yves Battistini crée le service d'études de marché Jean-Baptiste Peyre devient chef de groupe de produits Battistini Peyre et Claude Dutôt seront les piliers de notre organisation marketing André Saillant avec le titre de controller animera toute la partie gestion financière et administrative j'ai promu l'un de vous Grangier à la fonction importante de directeur de l'usine un dernier mot dans une affaire ce qui compte en définitive ce sont les hommes c'est pourquoi la gestion du personnel est désormais confiée à mon frère Olivier il pourra l'assumer avec d'autant plus de soin qu'il se trouve libéré de la responsabilité de l'usine il me reste à vous remercier

*Tous s'effacent hors Passemar.*

PASSEMAR

Maintenant commence la partie de la pièce relative à la naissance du nouveau produit partie délicate à réaliser *(apparaissent le pianiste et les trois danseurs masqués, habillés en dieux scandinaves)* ces danseurs n'ont rien à faire en ce moment ici *(les danseurs ont entrepris leur action)* ça a tout l'air d'une occupation délibérée du plateau hier soir déjà ils sont venus me demander de supprimer l'intermède des enquêtrices d'étude de marché ils n'apprécient pas davantage la scène des camionneurs chez madame Lépine en revanche ils raffolent de ces épisodes de la guerre entre les Ases et les Vanes

*Les danseurs se sont saisis de Passemar et le font se tenir droit et immobile tandis qu'ils lancent en sa direction toutes sortes de projectiles.*

DANSEUR 1

Que savons-nous de ce Baldr ? Il y a une fleur des champs si blanche qu'on l'a comparée avec les cils de

Baldr elle est la plus blanche de toutes les fleurs des champs

PASSEMAR

Et puis il y a l'aspect scatologique tout ce qui est grossier m'est personnellement pénible en même temps je ne vois pas

DANSEUR 3

Baldr raconte ses rêves menaçants

DANSEUR 1

Frigg sa mère recueille les serments de tous êtres et choses

DANSEUR 2

On s'amuse à tirer des traits contre Baldr cela ne lui fait aucun mal mais Loki qui aime faire le mal pour s'amuser

PASSEMAR

Comment éviter le déversement de toute cette matière

DANSEUR 1

Hödhr tient dans sa main la pousse de gui

PASSEMAR

Nauséabonde je ne vois pas le moyen d'éviter

*Un danseur fait le geste du lancer de la pousse de gui ; Passemar tombe raide ; le ballet continue.*

DANSEUR 2

Ce fut le plus grand malheur qu'il y ait eu chez les dieux et chez les hommes

DANSEUR 3

Mais au désastre succédera un renouveau

DANSEUR 1

Les tables d'or des Ases seront retrouvées dans le gazon

*Salle de réunion.*

JENNY

Bon alors Jack et moi on a pris la température de votre boutique

JACK

On s'est dit avec Jenny qu'aujourd'hui tous ensemble on pourrait se mettre un peu en roue libre

JENNY

Pour commencer vous allez souffrir OK ?

JACK

Claude qu'est-ce que c'est le cul ?

DUTÔT

C'est le c'est

JACK

Jean-Baptiste ?

PEYRE

C'est le postérieur de l'individu

DUTÔT

C'est le derrière

JENNY

Yves ?

BATTISTINI

C'est le derrière

JACK

Bien vous voyez comme vous êtes guindés

JENNY

Conventionnels

JACK

Ben qu'est-ce que c'est le cul ?

BATTISTINI

Une voie d'évacuation

BENOÎT

Un trou

JENNY

Jean ?

PASSEMAR

Une grotte

BATTISTINI

Une bouche à l'envers

PEYRE

Une fente dans le corps

BENOÎT

Une fissure

DUTÔT

Une chose molle et ombreuse

PASSEMAR

Une vallée dans l'ombre entre deux collines ensoleillées

BENOÎT

Une mine

JACK

Dont on extrait quoi ?

BENOÎT

La houille

DUTÔT

Une houille molle

BATTISTINI

Une tourbe nauséabonde

PEYRE

Des diamants

JENNY

Vous entendez ? Des diamants qui dit mieux ?

PASSEMAR

De l'or noir

JACK

Une mine qui est votre mine depuis plus de soixante-dix ans vous êtes assis sur un trésor il aurait suffi qu'une fois vous vous leviez et regardiez entre vos jambes

JENNY

Pourquoi n'avez-vous jamais regardé là entre vos jambes ?

JACK

Ecoutez bien c'est l'intuition fondamentale de Jenny

JENNY

Eh bien dites pourquoi ? Pourquoi on ne se regarde pas entre les jambes ?

BATTISTINI

D'abord ça n'est pas si commode et puis je m'excuse mais se regarder en train de déposer un étron au fond d'une cuvette ça n'est pas d'un intérêt transcendant

JENNY

Vous êtes sûr ? Ce n'était pas votre avis il y a quelque temps

BATTISTINI

Pardon ?

JENNY

Quand vous aviez entre un et deux ans vous ne vous rappelez pas l'intérêt avec lequel vous regardiez ça touchiez ça et jouiez avec ça quand maman vous laissait seul assis sur votre pot ?

BATTISTINI

Excusez-moi mais d'autres intérêts prennent ensuite le dessus

JENNY

Oui prennent la place des intérêts premiers ceux qui nous tiennent vraiment à cœur

BATTISTINI

Enfin vous me pardonnerez mais il y a quand même un progrès

JENNY

En quatre phrases vous m'avez quatre fois demandé pardon

BATTISTINI

Comment ?

JENNY

Vous m'avez dit "excusez-moi mais" et "vous me pardonnerez mais" etc. comme si je vous avais pris en flagrant délit et que vous vous sentiez coupable

JACK

Coupable de quoi ?

JENNY

Coupable d'avoir tripoté votre merde avec ravissement vous n'avez pas aimé que je vous rappelle ça

BATTISTINI

Mais enfin c'est d'une stupidité qui commence à me sortir par les trous de nez

JENNY

Regardez comme il est fâché

JACK

Et les images qu'il emploie

JENNY

Il se jetterait sur moi toutes griffes dehors

BATTISTINI

C'est fini ?

JENNY

Vous entendez ? C'est fini ? C'est la phrase que lui disait sa maman quand il ne voulait pas se lever du pot

*Battistini se lève d'un bond et sort en claquant la porte.*

BENOÎT

Je ne vois pas trop où cela mène

JENNY

Et vous avez votre courrier à signer

JACK

Surtout vous êtes gênés

JENNY

Vite que ça cesse

JACK

C'est le moment de continuer

JENNY

On pourrait peut-être se demander pourquoi on est tous gênés

JACK

Qu'est-ce que c'est la gêne ?

DUTÔT

C'est quand on a honte

BENOÎT

On tourne en rond

JACK

Non on est dans une spirale

JENNY

Ascendante et de là-haut vous découvririez un panorama surprenant qu'est-ce que c'est la honte ?

PASSEMAR

La honte c'est quand on vous découvre

JACK

En train de faire quoi ?

DUTÔT

Quelque chose de défendu

JENNY

Et pourquoi le fait-on ?

DUTÔT

Parce qu'on a envie

BENOÎT

Pour le plaisir

JENNY

La sensation que vous avez pendant que vous chiez Ben si vous vous donnez la peine de concentrer toutes vos forces sur ma question la sensation de la matière formée qui passe à travers l'anus pour enfin s'en détacher

JACK

Ça ne vous donne pas quelquefois un certain plaisir physique ?

BENOÎT

Oui

JENNY

Et vous autres ?

PEYRE

Oui

DUTÔT

Oui

PASSEMAR

Oui

JENNY

Dommage qu'Yves ne soit pas là rappelez-le

*Passemar sort, revient quelques instants plus tard avec Battistini.*

JACK

Je voulais que nous en arrivions simplement à poser le postulat

JENNY

C'est ça mon intuition les enfants

JACK

Que chier est un plaisir

JENNY

Et pour beaucoup de raisons un plaisir interdit

JACK

Est-ce qu'on ne peut pas en partant de là construire un produit et le lâcher avec une force véritablement explosive ?

JENNY

Un immense réservoir érotique existe au fond de chacun il suffit d'ouvrir la vanne

PASSEMAR

Si j'ai assisté et même modestement participé à cette séance de travail c'est la suite tout à fait inattendue pour moi de l'entretien que j'ai sollicité auprès de monsieur Benoît il m'a reçu avec une véritable cordialité il ne me déplaît pas ce garçon

*Bureau du président.*

BENOÎT

Je vous écoute

PASSEMAR

D'abord vous dire monsieur que depuis que vous avez pris la présidence

BENOÎT

Est-ce à votre goût ?

PASSEMAR

Vous avez ouvert la fenêtre on respire

BENOÎT

Ce n'est qu'un commencement

PASSEMAR

Comme partout où il y a un grand changement les uns et les autres s'interrogent et moi-même avec les modifications de structure

BENOÎT

Que va-t-il en être de Passemar dans tout ça ?

PASSEMAR

Exactement monsieur

BENOÎT

Vous êtes chef du service administration des ventes depuis une dizaine d'années vous remplissez vos tâches avec efficacité

PASSEMAR

Il est agréable de se l'entendre dire

BENOÎT

Si rien n'avait changé vous vous seriez laissé glisser le moment venu dans le fauteuil de madame Alvarez mais êtes-vous vraiment ambitieux ?

PASSEMAR

Monsieur la frénésie d'arriver au sommet à tout prix j'avoue qu'elle n'est pas dans mon tempérament par contre à l'âge où j'arrive et avec les responsabilités familiales qui sont les miennes

BENOÎT

Ça sent un peu son fonctionnaire ça Passemar dans une entreprise dynamique quand on s'arrête de grimper on dégringole

PASSEMAR

Grimper mais où monsieur ?

BENOÎT

Je vous tiens pour un homme sûr méthodique mais un peu terne est-ce le fond de votre caractère ? Pour voir je suis tenté de procéder sur votre personne à un dépoussiérage Passemar

PASSEMAR

Comment ça monsieur ?

BENOÎT

Je fais de vous un assistant chef de produit ceci aura le caractère d'un stage autrement dit vous vous jetez à l'eau et au bout du compte si vous avez cassé la baraque une nouvelle possibilité de carrière vous est ouverte si l'expérience est négative

PASSEMAR

Vous me mettez à la porte

BENOÎT

Non vous êtes un élément valable et tout le monde n'a pas la bosse du marketing en cas d'échec je vous remets à votre poste de toute façon ça ne pourra vous faire que du bien

PASSEMAR

Je ferai de mon mieux je vous remercie *(Benoît s'efface)* j'ai regretté cette dernière phrase qui rend un son vieux jeu et justement pas du tout marketing je ferai de mon mieux et je vous remercie un homme du marketing aurait dit OK je vais vous la casser votre baraque et pour commencer vous feriez mieux de vous ranger

*Couloirs.*

MADAME ALVAREZ

Mon petit Lubin qu'est-ce que vous faites ici ?

LUBIN

Hé vous êtes fraîche et pimpante comme jamais madame Alvarez

MADAME ALVAREZ

Taratata et vous ?

LUBIN

Comme vous voyez

MADAME ALVAREZ

Bien oui

LUBIN

On fait aller

MADAME ALVAREZ

C'est bientôt qu'elle se marie ?

LUBIN

Ça approche

MADAME ALVAREZ

Faut bien que les demoiselles sortent de leur nid

LUBIN

Si monsieur Cohen est là vous lui dites que c'est personnel

*Magasin de Toppfer.*

TOPPFER

Quel plaisir de rencontrer chez vous madame cette belle passion

MARGERIE

Ça donne le frisson de toucher ces choses

TOPPFER

Elles nous parlent très intimement n'est-ce pas à travers l'épaisseur des siècles

MARGERIE

Elles vivent dans vos mains

TOPPFER

Prenez cette petite merveille entre vos doigts je ne l'ouvre jamais sans émotion

MARGERIE

Oh montrez

*Dans le bureau de Benoît, entièrement rénové, très dépouillé, meubles laqués blancs, sont assis ou allongés sur le tapis Peyre, Dutôt, Battistini et Passemar. Bouteille et verres de whisky.*

JENNY

Hello boys

JACK

Je vous rappelle la règle du jeu chacun dit ce qui lui passe par la tête pas de censure personne n'ironise OK ?

TOPPFER

A l'instant même où j'entretenais votre beau-père de cette tabatière il s'est effondré

MARGERIE

Oh je vais en parler à Benoît il me la faut

JACK

Let's go

TOPPFER

Mais chère madame votre mari ne serait-il pas plutôt vendeur qu'acheteur ?

MARGERIE

Sûrement il veut tout bazarder y compris celle que j'adore avec le portrait de Mimi le petit chien

— Doupa

— Papidou

— Papirêve

— Dourésist

— Adam et Eve

— Paul et Virginie

— Jardin fleuri

— Hautes Futaies

— Hautes Herbes

— Neige profonde

— Blanche-Neige

— Souffle d'ange

— Névé

— Cocon soyeux

— Le Douillet

— Le Duvet

— Lichen

— Algue et Varech

— Mousse et Lichen

— Mousse et Varech

— Moussette

— Chêne et Fougère

— Mousse et Bruyère

— Vallon boisé

— Hyménée

— Lys

— Blanchelaine

— Blanchefleur

— Germinal

— Hermine

— Eloïse

— Baie sauvage

— Brise légère

— Brise douce

— Douce Etoile

— La Voie lactée

— Chérubin

— Desdémone

— Ophélie

— Ariane

— Le Merveilleux

— Le Divin

— Le Moelleux

— Le Soyeux

— Caresse

— Dolcissimo

— Pianissimo

— Chanterelle

— Morille

— Rêve

— Songe

— Nymphéas

— Alinéa

— Diane

— Liane

— Diaphane

— Nénuphar

— Air du large

— Intimité

— Confidence

— Noa-Noa

— Suave

— Fauve

— Eden

— Savane

— Prairie

— Lisière

— Ombre et Lumière

— Nébuleuse

LUBIN *(dans le bureau de Cohen)*

C'est que vous comprenez ma femme est au bout du rouleau

COHEN

Oui

LUBIN

Et quand votre épouse tourne pas rond ça vous est difficile de marcher droit

COHEN

Oui

LUBIN

Sur le plan du travail je pète le feu la faute n'est pas la mienne si les ventes baissent vous le savez

COHEN

Oui

LUBIN

Mais c'est quand arrive le soir

COHEN

Oui

LUBIN

Enfin il ne reste plus tant de Juifs en France pourquoi est-ce qu'il a fallu qu'elle aille en dénicher un ? Moi c'est pas tellement la race à laquelle il appartient qui me turlupine vous comprenez

COHEN

Oui

LUBIN

C'est le personnage je connais deux ou trois Israélites dont vous que je tiens pour un homme vous par exemple

COHEN

Oui

LUBIN

Vous êtes sympathique je vous le dis carrément

COHEN

Oui vous savez qu'il n'y a pas de race juive tout au plus peut-on parler d'une communauté et celle-ci comporte ses brebis égarées

LUBIN

C'est justement parce que vous vous tenez tous au coude à coude que je me suis décidé à venir vous voir en me disant que peut-être monsieur Cohen acceptera par amitié pour Lubin de se renseigner sur cet individu

*Bureau du président.*

BENOÎT

Qu'est-ce que ça a donné ?

BATTISTINI

Une avalanche

JACK

Vous savez à quoi tient la puissance de cette méthode Ben ? Parce qu'un brainstorm

JENNY

Ne peut pas rater

JACK

L'homme a besoin d'objets dans lesquels il projette ses désirs et ses peurs dans le temps il allait les trouver dans la nature la lune le serpent un rocher

JENNY

Ou il les fabriquait les fétiches nègres c'est fantastique j'en fais collection

JACK

Il y a eu Jéhovah les anges

JENNY

Allah

JACK

Aujourd'hui la dynamique du développement économique vient apporter la relève

JENNY

Avec d'autres compagnons de la vie quotidienne

JACK

Plus polyvalents parce qu'ils servent aussi à laver le linge ou la figure ou la vaisselle à faire de la vitesse sur les autoroutes

JENNY

A s'essuyer le derrière

*Une banquette de café.*

ALEX

Que me voulez-vous ?

COHEN

Lire en toi

ALEX

A quelle page voulez-vous ouvrir le livre ?

COHEN

Ta mère était la grande Rosa Klein

ALEX

Il paraît

COHEN

Elle était si frêle mais avec un port de tête inimitable
et une fois qu'elle s'est mise à jouer c'était un géant
on m'a dit qu'elle est morte à Buchenwald

ALEX

A Auschwitz

COHEN

C'est ton père qui était professeur d'histoire de Rome à Varsovie ? Il est mort ?

ALEX

A Auschwitz

COHEN

Toi-même tu as connu Auschwitz ?

ALEX

Ça a été mon jardin d'enfants

COHEN

Comment en es-tu sorti ?

ALEX

Elégamment

COHEN

Tu connais ceci ? *(Sortant de sa poche une brochure et lisant.) Contribution à une nouvelle approche de la théorie des fonctions de plusieurs variables complexes* par Alex Klein communication à l'Académie des sciences

ALEX

Qui êtes-vous l'envoyé de Dieu ?

COHEN

Mon nom est Cohen je suis chef comptable d'une maison où il y a un représentant que je connais depuis longtemps il s'inquiète à propos du mariage prochain de sa fille unique Geneviève qu'on appelle Jiji

ALEX

Ah Jiji ?

COHEN

Alors je suis venu te demander comment l'as-tu connue ?

ALEX

Un jour elle s'est présentée elle a dit qu'on va se marier

COHEN

C'est une petite qui a toujours aimé s'amuser et plaisanter

ALEX

Je lui ai parlé

COHEN

De quoi ?

ALEX

De moi et d'Auschwitz et de Lvov elle a été très attentive elle n'a pas posé beaucoup de questions

COHEN

Que vas-tu faire ?

ALEX

Je laisse faire vous ne croyez pas que c'est mieux ? Vous ne croyez pas que vous devriez retourner maintenant ?

*Salle de réunion.*

RESZANYI

Tout petit l'enfant passe par une phase pendant laquelle la libido se concentre dans la zone anale le caca est vécu par l'enfant comme étant son propre enfant ou sa création qu'il utilisera pour obtenir un plaisir narcissique en jouant avec ou l'amour d'autrui en l'offrant comme cadeau ou pour affirmer son indépendance vis-à-vis d'autrui en le brandissant comme sa propriété ou pour agresser autrui en s'en servant comme d'une arme il apparaît de la sorte que les plus importantes catégories du comportement social le jeu le don la propriété l'usage des armes trouvent leur origine dans la phase anale et ne cessent d'ailleurs jamais d'être reliées à cette phase par le jeu des sublimations ainsi de la catégorie de la propriété l'argent est la matière fécale vécue sous une forme qui n'a pas besoin d'être refoulée parce qu'elle a été désodorisée déshydratée rendue brillante

*Margerie, répondant à un coup de sonnette, a ouvert la porte d'entrée de son appartement à Olivier, qui demeure saisi : Margerie est habillée en dame de la cour du XVIII^e^ siècle.*

MARGERIE

Eh bien entre voyons tu vas t'enrhumer

OLIVIER

Comment vas-tu ma petite Margerie ?

MARGERIE

Tu vois je fête aujourd'hui mon trente-quatrième anniversaire

OLIVIER

Ta robe est ravissante

MARGERIE

J'étais sûre que Benoît allait oublier et l'idée de rester seule ce soir m'a donné un tel cafard que je me suis dit je téléphone à Olivier que je n'ai pas vu depuis des siècles

OLIVIER

C'est presque vrai

MARGERIE

Mon petit beau-frère que j'aime plus qu'il ne m'aime

OLIVIER

En voilà une idée

MARGERIE

Je suis une Américaine arriviste qui a pénétré dans la famille Dehaze pour mettre le grappin dessus mais enlève ton imperméable

RESZANYI

Deux familles de personnes paraissent à première vue se distinguer ceux pour qui l'acte d'évacuer ses excréments est une servitude nous les appellerons les opprimés et ceux pour qui il constitue une libération nous les appellerons les libérés j'ai ici une interview où les événements de Mai 68 sont vécus comme une défécation à laquelle il a été pris collectivement plaisir

OLIVIER

J'ai les pieds mouillés il tombe une sale petite pluie pénétrante

MARGERIE

Derrière ce paravent il y a tout ce qu'il faut pour te changer j'ai décidé pour fêter mon anniversaire de donner un bal costumé

OLIVIER *(disparaissant derrière le paravent)*

Tu attends du monde ce soir ?

MARGERIE

Tout le monde est arrivé

RESZANYI

La dispersion dans l'appellation du lieu où se fait l'évacuation est significative on a été chercher un mot étranger water-closet contracté en ouatères pour l'éloigner davantage

OLIVIER

Mais c'est affreusement compliqué je ne sais pas comment ça s'enfile

RESZANYI

On l'a réduit à des initiales doubles vécés déformées elles-mêmes communément en vécés le petit coin les toilettes où puis-je me laver les mains

*Olivier est apparu en gentilhomme de la cour.*

MARGERIE

La tronche que tu fais

OLIVIER

C'est vrai que je n'avais pas envie de venir

MARGERIE

Pourquoi ?

RESZANYI

Il faut qu'il y ait une raison pour que les gens veuillent s'essuyer avec un papier qui ait la couleur même de leur excrément ce beige-brun la couleur du papier ordinaire comme s'il fallait confondre la matière avec son support pour mieux l'escamoter

MARGERIE

Tu aimes le caviar ? C'est tout ce qu'il y a comme dîner mais j'ai acheté un pot de cinq cents grammes ça m'a coûté presque aussi cher qu'une tabatière tiens voici la vodka tu ne voulais pas venir parce que je te fais horreur

OLIVIER

Ecoute j'ai passé un moment difficile Margerie maintenant les choses se cicatrisent

MARGERIE

Tu sais un soir au lit avec Benoît on parlait de toi il me disait qu'il ne comprenait pas pourquoi j'étais tombée folle cinglée de lui plutôt que de toi je lui ai répondu que c'est vrai que tu es plus mon type mais que tu es un peu comme un moule

RESZANYI

Ces interviews sont délicates à réaliser il faut parvenir à relâcher les mécanismes psychosociaux de défense

*Il met en fonctionnement le magnétophone autour duquel sont rassemblés Benoît, Peyre, Battistini et Passemar. Voix de Reszanyi et d'une jeune femme.*

— Vous étiez accroupie

— Dans l'herbe haute

— Vous poussiez ?

— A peine j'avais alors un désir

— Pouvez-vous le formuler ?

— M'anéantir

— Mais encore

— Baisser la garde moi qui suis toujours à guerroyer

— Vous avez arraché une deuxième touffe de pissenlit et là

— Là je me suis sentie comme une petite boule douce qui avait envie de pleurer envie de tuer

OLIVIER

Je m'ouvre et je me ferme c'est un peu vrai

MARGERIE

Et tu restes accroché à ton banc toute la vie quoi qu'il arrive

OLIVIER

Mieux vaut être accroché à quelque chose à quoi on croit que de tout saccager piétiner comme vous l'avez fait tous les deux c'est ignoble

MARGERIE

Ah j'aime à voir que vous vous fâchez monsieur le duc de Haze

OLIVIER

Je ne me fâche pas

MARGERIE

Vous êtes furieux contre moi ça n'est pas trop tôt depuis le temps que je vous provoque monsieur le marquis de la Moule

OLIVIER

Quel est ce jeu Margerie ?

MARGERIE

Un homme qui se laisse flanquer par terre moi ça me débecte

OLIVIER

Sais-tu ce qu'on m'a dit ?

MARGERIE

Ah

OLIVIER

Que

MARGERIE

Quoi ?

OLIVIER

Toi Margerie tu es allée t'offrir à Ausange pour que la banque impose le choix de Benoît comme successeur de papa

MARGERIE

Je suis allée au lit avec Ausange de la Banque de Paris et des Pays-Bas ?

OLIVIER

On le dit

MARGERIE

Qu'est-ce qu'on dit encore ?

OLIVIER

Que ma mise à l'écart par Benoît c'est entièrement ton travail

MARGERIE

Si c'est vrai qu'est-ce que je fais ici avec toi ?

OLIVIER

Oh je ne sais pas par exemple la moitié encore de l'affaire m'appartient

MARGERIE

C'est vrai alors dis-moi en ce moment tu ne me crois pas sincère ?

OLIVIER

Je me suis suffisamment fait couillonner pour me tenir à carreau

MARGERIE

Hé tu n'es pas aussi moule que ça quand tu t'animes tu emploies un langage plus vivant que j'aime

OLIVIER

J'ai des raisons de penser que Benoît a été dire à papa que moi j'étais décidé à le vider lui papa et à prendre le pouvoir

MARGERIE

Moi je ne le crois pas j'en suis sûre

OLIVIER

Parce que tu as participé à cette saloperie

MARGERIE

Non Olivier j'étais bouleversée par l'absence de tout sentiment chez Benoît à l'égard de daddy et je lui ai dit que daddy était l'homme que je respectais et que je chérissais le plus au monde

OLIVIER

Comment croire ce que tu dis ?

MARGERIE

Comment te faire croire ?

OLIVIER

Tu m'as dit un jour que tu as épousé Benoît pour son argent

MARGERIE

Oui un peu pour l'argent mais aussi je l'aimais tu sais j'aime la vie avant tout je suis une fille pas compliquée

OLIVIER

Je ne sais plus

MARGERIE

Par exemple j'ai une envie furieuse de coucher avec toi je ne pense pas que c'est la vodka

OLIVIER

Tout ce que tu dis continue à pouvoir être pris dans les deux sens

MARGERIE

Comment ?

OLIVIER

Tu dis que tu veux coucher avec moi

MARGERIE

Oui

OLIVIER

Moi aussi j'en ai bu pas mal mais ça peut cadrer dans une théorie comme dans l'autre

MARGERIE

Laissons tomber les théories

OLIVIER

C'est vertigineux

MARGERIE

Tu n'es pas impuissant Olivier ?

OLIVIER

Non

MARGERIE

On me l'avait dit moi je te préviens je suis quelquefois frigide ça commence fort et puis

OLIVIER

On t'avait dit ça ?

MARGERIE

On dit beaucoup de choses alors tu penses que je veux coucher avec toi pour te mettre dans ma poche comme les espionnes dans les romans-feuilletons

OLIVIER

Est-ce que je sais

MARGERIE

J'ai simplement envie de toi et pas seulement pour ce soir mais c'est égal tout ce que je dis se retourne contre moi

OLIVIER

Margerie

*Chez Lépine Frères.*

LUBIN

Madame Lépine ça va être le moment de Noël c'est le temps de penser à ses clients fidèles ses clients qui aiment bien les petits cadeaux

MADAME LÉPINE

Montrez voir

LUBIN

Nous avons mis au point une promotion sans précédent avec en cadeau pour vous cette magnifique lampe de style qui deviendra l'ornement de votre salon il suffit que votre commande soit le double de la moyenne des derniers six mois

MARGERIE

Je suis terriblement soûle mais ça ne fait rien on va dormir ensemble ça ne fait rien n'est-ce pas si on ne fait pas l'amour ?

*Salle de réunion.*

BATTISTINI

Chacune des cent soixante-quatorze idées de noms qui sont sorties du brainstorm a été passée au crible la liste s'est réduite à six finalistes que nous avons testés

MADAME LÉPINE

Votre lampe de style vous pouvez vous la fourrer là où je pense

LUBIN

Vous n'êtes pas sérieuse madame Lépine

MADAME LÉPINE

Est-ce que je suis folle ?

BATTISTINI

Blanchefleur Lys Nymphéas ont fait les scores les plus bas Ariane Algue et Varech se sont mieux défendus le nom qui de loin est sorti en tête est Mousse et Bruyère avec un score de trente-huit pour cent nos craintes qu'il véhicule des connotations de rugosité et de risques d'égratignure s'avèrent infondées ce qui ressort le plus nettement comme associations valorisantes ce sont l'évasion la solitude enivrante les amours adolescentes la nature inviolée c'est dans les milieux urbains et middle-white-collar que la préférence pour Mousse et Bruyère s'est manifestée le plus nettement or c'est là que se concentrent soixante-dix-huit pour cent de notre cible prioritaire dans le court terme

LUBIN

Alors moi je peux vous dire madame Lépine tout à fait confidentiellement qu'on est en train de prendre le tournant il y a une équipe de jeunes loups chez nous ils préparent un grand coup

MADAME LÉPINE

Et les cheveux y repoussent à votre fille ?

LUBIN

Ma femme qui va devoir entrer en clinique le docteur veut essayer sur elle une cure de sommeil

BATTISTINI

Essentiellement les petites-bourgeoises des villes de plus de vingt mille habitants

BENOÎT

Jack avez-vous un mot à ajouter ?

JACK

Non je trouve ça absolument parfait the only thing is quand vous allez briefer l'agence enfoncez-leur bien dans la tête qu'il ne suffit pas d'avoir tout bien analysé il faut qu'ils vivent la situation avec une grande intensité le consommateur est une grande bouche et un grand cul faut que ça entre et faut que ça sorte par où ça sort c'est ça qui nous intéresse saint Augustin a dit entre les urines et les matières fécales nous sommes nés dans quelques centimètres carrés tout se concentre la souffrance et l'extase et la saleté on sort de là et ça sort de nous et on s'essuie l'homme est un animal qui s'essuie Nietzsche a dit l'homme est un animal qui fait des promesses tout se tient promettre c'est être constipé avec le passé en apprenant à promettre l'homme a lié le futur au passé je te dois et tu me dois parce qu'il a cherché à fuir l'éternité de l'instant présent il fuit le présent parce qu'il a honte il se sent coupable et ça à cause de la répression qui commence quand il est nouveau-né alors je vais vous dire je ne suis pas sûr parce qu'il faut manier ça avec précaution mais il faut entrouvrir la porte à un défoulement notre axe pourrait être à peu près ceci mais oui il est agréable de chier et Ravoire et Dehaze peut rendre ça encore plus agréable

# CINQUIÈME MOUVEMENT

## le triomphe

*Couloirs.*

COHEN

J'ai remarqué madame Bachevski que depuis quelques jours madame Alvarez vous salue

MADAME BACHEVSKI

Disons que moi je la salue et qu'elle répond effectivement à mon salut

COHEN

C'est quand même un progrès

*Salle du Collège de France.*

MONSIEUR ONDE

Au début des temps quand est né le petit loup Fenrir les dieux savent qu'ils doivent être dévorés par lui ils se concertent

MADAME BACHEVSKI

Quand je la vois passer le plus clair de son temps dans le bureau de l'un ou de l'autre à dénigrer l'actuelle direction

MONSIEUR ONDE

Odin fait fabriquer un fil magique si fin qu'il est invisible mais d'une résistance à toute épreuve et l'on propose au jeune Fenrir de passer la tête dans ce collier inoffensif pour jouer

COHEN

Je vous dirai que je suis plus heureux maintenant le travail est plus intéressant

MONSIEUR ONDE

Bien entendu le loup ne peut se dégager plus il se défend plus le fil se tend

COHEN

Nous mettons en place un système de coûts standard avec un dispositif automatique pour le contrôle des écarts

MONSIEUR ONDE

Les Ases rirent alors

COHEN

J'ai remarqué madame Alvarez que madame Bachevski

MADAME ALVAREZ

En décidant systématiquement de lui dire bonjour je l'oblige à la réciproque

COHEN

La vie n'est faite que de petits progrès qui s'ajoutent

MADAME ALVAREZ

La honte quand je vois cette femme âgée lécher les bottes de tous ces petits chefaillons

MONSIEUR ONDE

Ce que la société divine a gagné en efficacité elle l'a perdu en puissance morale et mystique elle n'est plus que l'exacte projection des bandes ou des Etats terrestres dont le seul souci est de gagner et de vaincre

COHEN

Vous avez une vision un peu sombre des choses

MADAME ALVAREZ

Je suis peut-être la seule à ne pas m'être laissé aveugler même vous monsieur Cohen

MONSIEUR ONDE

Cet abaissement du plafond souverain condamne le monde entier dieux et hommes à n'être que ce qu'il est puisque la médiocrité n'y résulte plus d'accidentelles imperfections mais de limites essentielles

PASSEMAR

La taupe continue à forer ses galeries continuez à creuser monsieur Onde un jour nos maisons se fissureront le sol cédera sous nos pas

*Cohen et madame Alvarez s'effacent. Peyre, Battistini, Passemar ont pris place dans la salle de réunion pour la présentation par l'agence de publicité du projet de campagne de lancement.*

JALOUX

Nous nous sommes dit voilà le consommateur doit avoir un problème nous lui apportons la solution

*L'Infirmerie. Alex et Jiji sont assis à califourchon côte à côte par terre au milieu des instruments de musique, balançant le torse, chantonnant presque.*

JIJI

Art et puis Butch s'en sont allés

ALEX

Art s'en est allé et puis Butch

JIJI

Art et Butch se sont barrés

ALEX

Sans laisser d'adresse

JIJI

Où sont-ils allés ?

JALOUX

L'approche créative consiste à créer le problème en affirmant à notre consommateur qu'il est malheureux et en lui expliquant pourquoi

JIJI

Pourquoi s'en sont-ils allés ?

ALEX

On commençait à s'entendre bien à s'entendre trop bien si bien

JIJI

Qu'ils s'en sont allés

BENOÎT *(au téléphone dans son bureau)*

Vous me donnerez Ausange ensuite Ralph Young président de United Paper Europe vous annulerez mon voyage à Londres j'avais promis de vous téléphoner Ausange les choses ne vont pas mal du tout vous savez tout se déroule conformément au plan il y a peut-être une chose que j'ai sous-estimée c'est le montant de nos besoins financiers

JIJI

Qu'allons-nous faire maintenant

ALEX

Heureusement que ça nous est égal

JIJI

Il y a d'autres musiciens à Paris

ALEX

Paris est plein de musiciens on continue la discothèque je sers les consommations tu continues tes petits happenings les gens adorent ça nous ça nous est égal

JIJI

Le jazz

ALEX

Est fini

BENOÎT

Eh bien nous pourrions prendre un verre ensemble monsieur Young voulez-vous ?

JALOUX *(présentant une maquette)*

C'est toute la famille réunie dans le petit jardin sauvage qui est comme une oasis dans l'appartement l'aspect lugubre de l'existence est exprimé par la barre d'immeubles qu'on dévoile mais sans trop y insister à travers la fenêtre c'est la famille française typique et idéale le jeune cadre ou ingénieur assez sportif l'épouse moderne et les deux enfants et que disons-nous ? "MAINTENANT VIRGULE CHEZ NOUS AUSSI IL Y A MOUSSE ET BRUYÈRE"

MARGERIE *(dans son lit)*

Olivier chéri nous allons faire un échange

JALOUX

Le mot "maintenant" suivi de sa virgule projette sur un temps où il n'en était pas ainsi le temps où l'on était malheureux

MARGERIE

Un échange avec Benoît

*Olivier se glisse dans le lit.*

JALOUX

L'expression "chez nous" établit d'un coup le lieu sacré le foyer l'intimité le mot "aussi" exprime le passage de l'état malheureux à l'état comblé "maintenant virgule chez nous aussi" comporte une charge signifiante qui est assez prodigieuse

PEYRE

Maintenant chez nous aussi

BENOÎT

Maintenant chez nous aussi

JALOUX

"Il y a Mousse et Bruyère" rien de plus positif de plus affirmatif que ce "il y a"

PEYRE

Il y a

BENOÎT

Maintenant chez nous aussi il y a Mousse et Bruyère

PEYRE

Maintenant chez nous aussi il y a Mousse et Bruyère

MARGERIE

Rien n'empêchera Benoît de liquider les tabatières de daddy sauf une chose Olivier

OLIVIER

Qui est ?

MARGERIE

Un échange tu lui achètes sa moitié de la collection contre cinquante pour cent de tes actions de Ravoire et Dehaze c'est ce qu'elle vaut Toppfer me l'a assuré toi et moi nous nous embarquons avec dans notre valise la collection et les autres cinquante pour cent de tes actions que nous revendons

OLIVIER

Pour ?

MARGERIE

Investir tu as oublié Olivier chéri ? Dans la bonne ville de San Francisco

OLIVIER

Ah oui San Francisco

MARGERIE

Au cœur du quartier le plus élégant

OLIVIER

Oui oui

MARGERIE

Ladies and gentlemen la marquise

OLIVIER

Welcome

*Bureau de madame Alvarez.*

GRANGIER

Nous allons faire face à une situation des stocks particulièrement délicate

MADAME ALVAREZ

Vous souvenez-vous du désastre du lancement de Super-Douceur ?

GRANGIER

Très bien mais il n'y aura pas de désastre cette fois-ci montrez-moi le dernier état des stocks en magasin

MADAME BACHEVSKI

Mes filles sont en train de le terminer

GRANGIER

Quel est le point des commandes ce matin ?

DUTÔT

J'ose à peine vous le dire nous tournons autour de trois cents pour cent de l'objectif

GRANGIER

J'ai cru être très prudent en programmant une production cent pour cent au-dessus de vos estimations d'expéditions

DUTÔT

Mais vous ne tomberez pas en rupture ?

GRANGIER

L'usine travaille en deux équipes j'ai arrêté la production bulle-corde

MADAME BACHEVSKI

Cette fois je sens

MADAME ALVAREZ

Quoi ?

MADAME BACHEVSKI

Le triomphe

PASSEMAR *(aux danseurs)*

On ne fait pas toujours ce qu'on veut allez oui j'ai dit tout de suite

*Les danseurs tiennent un long cordon auquel sont accrochés en grappes des paquets dans un emballage cadeau qu'ils distribuent aux spectateurs.*

DANSEUR 3

Ouvrez donc monsieur Guillebaud

DANSEUR 1

Ouvrez donc madame Bosselat

DANSEUR 2

Vous pouvez l'ouvrir sans crainte

DANSEUR 3

Il ne contient rien d'explosif

DANSEUR 1

Ou plutôt si

DANSEUR 2

Son contenu est très explosif

DANSEUR 3

Car la société Ravoire et Dehaze

DANSEUR 1

Lance une bombe

DANSEUR 2

Sur le marché du papier-toilette

DANSEUR 3

Ouvrez donc monsieur Béranger

DANSEUR 1

Ouvrez donc mademoiselle Vignon

*Salle de réunion.*

BENOÎT

Je veux que nous jetions un torrent d'idées sur le tapis projetons-nous à dix ans à vingt ans oui Grangier

GRANGIER

Développons un papier ouate indéchirable donnons naissance à la génération du papier armé

BENOÎT

Parce que le long terme c'est demain oui Jean-Baptiste

PEYRE

Ces dizaines de millions de mètres carrés de papier qui passent entre les mains des consommateurs tout cet espace inutilisé

BENOÎT

Oui on pourrait

BATTISTINI

Y imprimer de petits textes instructifs

PEYRE

Une encyclopédie sans début ni fin

BATTISTINI

Infinie formez-vous

PEYRE

Informez-vous au hasard de vos selles

BENOÎT

Oui Dutôt

DUTÔT

Chaque feuillet numéroté chaque semaine une loterie télévisée

GRANGIER

Des images

BATTISTINI

Récurrentes certaines reviennent d'un rouleau à l'autre un cadeau de fidélisation à qui trouve et nous renvoie deux images identiques

*Chez Lépine Frères.*

LUBIN

Madame Lépine je vous souhaite le bonjour

MADAME LÉPINE

Ah vous voilà enfin

LUBIN

Vous m'attendiez ?

MADAME LÉPINE

Prenez mon téléphone dites-leur chez vous qu'on me fasse tout de suite une livraison d'au moins douze grosses il me faut absolument un dépannage tout de suite vous m'entendez ?

DUTÔT

Un concours avec pour prix des dérouleurs à musique

BATTISTINI

Une campagne fondée sur les témoignages du corps médical

PEYRE

Les dangers de la rétention

BATTISTINI

Le consommateur moyen va à la selle zéro virgule quatre-vingt-trois fois par jour

PEYRE

Le Français dans l'ensemble est constipé

DUTÔT

Il irait deux fois par jour

BATTISTINI

Et notre marché double

BENOÎT

Il reste un problème à résoudre oui André

SAILLANT

En un mot trouver à mobiliser les fonds nécessaires pour la mise en œuvre d'une politique d'expansion à la mesure de notre ambition

BENOÎT

Mais avons-nous le choix ?

PASSEMAR

Ça arrangerait bien mes affaires si cette pièce pouvait rencontrer un succès non seulement d'estime mais commercial parce que du côté de Ravoire et Dehaze les choses ne vont pas si bien en ce qui me concerne et en ce qui concerne quelques autres d'ailleurs je pense à cette pauvre madame Bachevski c'est comme si la terre s'était ouverte sous ses pieds

*Bureau du président.*

MADAME BACHEVSKI

Vous m'avez fait demander monsieur Benoît ?

BENOÎT

Asseyez-vous je pensais que nous pourrions parler de votre avenir vous avez combien d'années dans la maison ? Trente-neuf ans ? C'est magnifique nous en avons discuté avec Grangier et nous avons décidé de vous offrir le loisir et le repos que vous avez bien gagnés sans qu'il vous soit nécessaire d'attendre encore quatre ans

MADAME BACHEVSKI

Mais monsieur Benoît je me sens en plein boum

BENOÎT

On dit ça et puis tout d'un coup on craque

GRANGIER

Surtout les tempéraments bouillants et dynamiques comme vous qui vous dépensez sans compter

MADAME BACHEVSKI

Alors je ne donne plus satisfaction ?

GRANGIER

Vous travaillez splendidement

BENOÎT

Mais vous êtes attachée à certaines méthodes et attitudes anciennes

SAILLANT

Et vient un âge où il est difficile

GRANGIER

Sinon impossible

SAILLANT

De se recycler ce qui n'est pas du tout un reproche

BENOÎT

Vous avez été un serviteur dévoué et ardent de la maison

SAILLANT

Parce que nous avons tenu à le reconnaître nous avons étudié un dispositif

BENOÎT

Qui vous assurera une transition graduelle à peine sensible entre votre revenu actuel et le revenu de vos vieux jours

MADAME BACHEVSKI

Quand dois-je partir ?

GRANGIER

Nous sommes vendredi

BENOÎT

Ce soir madame Bachevski

PASSEMAR

Ce qui l'a le plus abasourdie c'est d'avoir été liquidée elle alors que son adversaire de toujours madame Alvarez de trois années plus âgée et qui ne perd aucune occasion pour narguer monsieur Benoît

BENOÎT

Faites-moi venir Passemar et demandez à Peyre de venir aussi dans mon bureau

PASSEMAR

On dit que le taux de mortalité des gens à partir du moment où on les met à la retraite grimpe d'une façon vertigineuse

BENOÎT

Vous avez à peu près bouclé vos six mois de stage dans le marketing Passemar

PASSEMAR

Oui monsieur

BENOÎT

C'est le moment de faire le point

PASSEMAR

A mon avis ça n'a pas été tout à fait concluant

BENOÎT

Dans quel sens ?

PASSEMAR

Je me suis passionné je crois avoir rendu des services apporté quelques idées

BENOÎT

Sûrement

PASSEMAR

Mais je ne me suis pas comment dirais-je ? Vraiment jeté à l'eau

BENOÎT

Comment cela ? Vos capacités d'analyse et de synthèse ont été très appréciées vous avez une tête remarquable

PASSEMAR

C'est le corps qui est un peu empêtré

BENOÎT

Vous retournez donc à vos anciennes activités dès lundi matin

PASSEMAR

Je ne sais pas ce qui m'a pris de prononcer un pareil réquisitoire contre moi-même peut-être étaient-ils même prêts à me laisser continuer ?

*Chez Lépine Frères.*

MADAME LÉPINE

Je compte sur vous hein ?

LUBIN

Est-ce que je vous ai jamais laissée tomber ?

PASSEMAR

Un échec ne s'efface pas quoi qu'on dise ça marque je me vois mal durer encore combien ? Vingt-trois ans ?

MADAME LÉPINE

Livraison demain soir c'est juré ?

PASSEMAR

Dans le même trou vingt-trois ans mais je ne voulais pas les entendre dire ce que je craignais qu'ils me diraient

MADAME LÉPINE

Il n'y a rien à faire votre produit il plaît

*Le bar du Plaza-Athénée.*

YOUNG

Vous êtes monsieur Benoît Dehaze ?

BENOÎT

Monsieur Young ?

YOUNG

Enchanté monsieur Dehaze très aimable de vous déranger

BENOÎT

Un plaisir de vous connaître un scotch

YOUNG

Deux j'ai beaucoup admiré votre lancement

BENOÎT

Venant de vous c'est un compliment

YOUNG

Vous avez fait un travail vraiment professionnel vous devez réussir j'ai pensé que nous pourrions vous et moi parler un peu de l'avenir

LUBIN

Et alors Softies ?

MADAME LÉPINE

J'en écoule encore un peu de temps en temps

BENOÎT

Ma société n'est pas à vendre

YOUNG

Je sais bien mais je pensais que ça pouvait être utile pour vous de savoir in the back of your mind que nous disposons de moyens considérables pour aider une société française à se développer surtout si elle voit loin avec des plans de grande envergure et des difficultés à trouver les ressources nécessaires sur le plan national qui inévitablement est un peu étroit n'est-ce pas ?

BENOÎT

Nous cherchons pour l'instant très simplement monsieur

YOUNG

Appelez-moi Ralph

BENOÎT

Ralph

YOUNG

Je peux vous appeler Ben ?

BENOÎT

Bien sûr pour l'instant nous cherchons très simplement à vous faire mal

YOUNG

Sacré Ben vous y réussissez vous savez ?

LUBIN

Eh oui cette fois ils se marient

MADAME LÉPINE

Jamais essayer de forcer

LUBIN

Je l'ai vu c'est un gentil garçon

MADAME LÉPINE

Ah bien tant mieux

LUBIN

Pas du tout l'air juif vous savez ?

MADAME LÉPINE

Tant mieux

BENOÎT *(au lit avec Jenny)*

Pourquoi ne veux-tu pas m'épouser ?

MADAME LÉPINE

Et quand ça ?

JENNY

Parce que je n'ai pas le temps je n'arrive même plus à trouver une heure tous les quinze jours pour aller chez le coiffeur quand j'ai envie ou besoin d'avoir l'air d'une dame je pique dans ma collection de perruques parce que je ne t'ai pas dit ? C'est mon nouveau hobby j'en ai déjà soixante et une tu sais qu'il y a là pour qui la saisira une opportunité marketing véritablement fantastique

LUBIN

Dans un petit mois j'espère que mon épouse sera sortie de clinique maintenant qu'elle va savoir que la petite est casée

BENOÎT

Pourquoi ne veux-tu pas m'épouser ?

JENNY

Si j'avais deux ou trois vies ça pourrait se discuter

BENOÎT

Tu m'épouses je me débrouille pour acheter à Olivier sa moitié de l'affaire quand celle-ci vaut cinq ou six fois ce qu'elle vaut aujourd'hui je la vends et nous nous lançons toi et moi dans une nouvelle opportunité marketing véritablement fantastique

JENNY

Qu'est-ce que tu fais de ta femme ?

BENOÎT

Nous divorçons

JENNY

Tu rigoles mais avec les perruques on peut aller très loin

BENOÎT

Est-ce que j'ai l'air de rire ?

JENNY

A condition d'être les premiers

BENOÎT

Tu vois il faut se dépêcher

JENNY

Donner à chaque femme le moyen et puis le besoin de se multiplier à l'infini

BENOÎT

Pourquoi ne veux-tu pas m'épouser ?

LUBIN

Bien alors je vous dis adieu portez-vous bien madame Lépine

MADAME LÉPINE

Allez à la prochaine fois monsieur je ne peux jamais me souvenir de votre nom

LUBIN

Lubin c'est normal vous en voyez tant passer

MADAME LÉPINE

Ça oui alors à la prochaine fois

LUBIN

Il n'y aura pas de prochaine fois je quitte la maison

MADAME LÉPINE

C'est pas Dieu possible

LUBIN

Oh vous savez mais ça vous porte quand même un coup mais c'est normal qu'est-ce que vous voulez si monsieur Dehaze était encore là pour voir comment on mène à l'abattoir ses anciens représentants parce que le bâtard s'est entouré d'une bande de fumiers qui tueraient leur propre mère si ça pouvait servir leur carrière mais quand ils ont entendu ma réponse

MADAME LÉPINE

Qu'est-ce qu'ils vous ont proposé ?

LUBIN

Un poste à l'usine comme magasinier

MADAME LÉPINE

Vous n'avez pas accepté ?

LUBIN

On ne prend pas toujours le temps de réfléchir madame Lépine je suis né vendeur il me faut la route le contact avec la clientèle le goût de la victoire chaque fois que j'enlève une commande je leur ai dit Ravoire et Dehaze c'est toute ma vie mais s'il n'y a plus la maison Ravoire et Dehaze il y en aura une autre je leur ai dit vous me voyez remplir des fiches entrée et des fiches sortie du matin au soir ? Mais on ne prend pas toujours le temps de réfléchir

MADAME LÉPINE

Avec votre femme de malade qu'allez-vous devenir ?

DUTÔT *(à son bureau)*

La même situation la même histoire *(le téléphone sonne)* allô la maison Rueil ?

MADAME ALVAREZ

Pareil chez Vacheron ? Pareil chez Simonnot ?

DUTÔT

Prenez l'autre écouteur *(au téléphone)* bonjour monsieur Rueil comment dites-vous ? A court déjà ? Un raz-de-marée non rassurez-vous nous serons à même de vous livrer le camion partira demain soir *(raccrochant)* les commandes de réappro sont en moyenne une fois et demie supérieures à celles du lancement

JIJI

Tenez venez vous

*Sur l'estrade de L'Infirmerie il n'y a plus d'instruments de musique mais des objets quelconques : oreiller, hache, faux, vêtements, légumes, seau plein de lait, cochon attaché à un piquet, lunettes en vrac, bidet, livres anciens, télévision, baignoire, saucissons, bac à purin par-dessus quoi, suspendue, assise sur une balançoire Jiji, au moyen d'un pistolet à eau, désigne telle ou telle personne parmi les clients. Alex sert les consommations. Musique de jazz enregistrée.*

TOPPFER

Qui moi ? Ah non de grâce

JIJI

Justement vous *(Toppfer est propulsé sur l'estrade par le public)* et vous là venez et vous aussi et vous *(un homme et deux femmes le rejoignent)* vous êtes des rampants vous ne savez pas encore marcher vous n'êtes pas encore nés *(les quatre désignés s'aplatissent sur le ventre parmi les objets)* vous allez tout faire maintenant pour ne pas naître allez-y tout vous avez deux minutes à mon chronomètre pour faire tout tout *(sans se redresser, ils entreprennent des actions désordonnées en utilisant des objets)* vous entrez dans la baignoire qui est votre mère *(ils basculent dans la baignoire)* vous ne voulez pas sortir vous construisez une barricade dans le vagin de votre mère la mère de tous les orphelins de Jésus-Christ des damnés de la terre Trotski Guevara Ford Rockefeller et vous criez vous criez mais le monde ne vous entend pas *(descendue de sa balançoire, Jiji jette pêle-mêle dans la baignoire objets et liquides tandis que les quatre crient)* ceci dure quatre minutes à mon chronomètre

BENOÎT

Puisqu'il n'en est pas question

YOUNG

Mais si un jour il devait en être question je voudrais ajouter que beaucoup dépend du sentiment que nous avons du growth potential de l'affaire

BENOÎT

Notre potentiel de croissance ? Il est quasiment illimité

YOUNG

Et nous attachons une importance primordiale à la qualité des hommes

BENOÎT

Vous conserveriez l'équipe ?

YOUNG

Ce serait une folie de faire autrement

BENOÎT

Supposons que cela se fasse

YOUNG

Oui

BENOÎT

Vous liquideriez votre filiale française ?

YOUNG

Probablement pas

BENOÎT

Vous fusionneriez ?

YOUNG

Pourquoi ? Nous aimons nous faire concurrence à nous-mêmes

BENOÎT

Ravoire et Dehaze sur le plan opérationnel continuerait de façon autonome ?

YOUNG

Comme aujourd'hui avec la différence que nous y injecterions les capitaux qui vous manquent

BENOÎT

Mais que nous pouvons très bien obtenir ailleurs

YOUNG

Je vous le souhaite

BENOÎT *(à son bureau au téléphone)*

Les choses vont bien et même très bien Ausange

AUSANGE *(à son bureau au téléphone)*

Je vous félicite excellente votre interview dans *L'Expansion* vous voici en passe de devenir un héros de l'industrie française mon cher

BENOÎT

Tout ça ne compte pas ce qui compte c'est que grâce à vous nous avons pu montrer que l'action et la réussite dans ce pays sont possibles

ALEX

Jiji

JIJI

Alex

ALEX

Sais-tu ce que nous allons faire parce que ça a assez duré regarde ces gens mais regarde ces gens

JIJI

Ces gens sont les gens

ALEX

Précisément

JIJI

Qu'allons-nous faire Alex ?

BENOÎT

Pour continuer sur cette lancée il faut augmenter de deux fois et demie les fonds dont nous disposons

AUSANGE

Ils augmenteront et assez rapidement par autofinancement

BENOÎT

Ça n'est pas assez vite

AUSANGE

Ne soyez pas si pressé

BENOÎT

Si nous freinons les Américains reprennent souffle et

ALEX

Nous allons équiper cette cave en chambre à gaz c'est assez facile c'est une question de canalisations

BENOÎT

Pouvez-vous Ausange ou ne pouvez-vous pas ?

AUSANGE

Dans les proportions que vous m'indiquez ? Aucune banque même jouant la spéculation ne le ferait c'est financièrement impensable

ALEX

Des pommeaux de douche ici et ici en rangées serrées en haut à l'angle des murs et du plafond et puis un soir qui ressemblera à tous les autres soirs

JIJI

Et toi et moi ici dedans ?

ALEX

Tous ces gens et toi et moi

*Benoît et Jenny entrent.*

BENOÎT

J'ai réservé une table pour deux *(Alex les installe)* ma parole c'est ce bon monsieur Toppfer *(allant à lui)* vous ici ?

TOPPFER

Savez-vous qu'au Siècle des lumières dans le secret de leurs châteaux les grands se donnaient en spectacle de façon autrement osée ?

BENOÎT

Mais vous partez ?

TOPPFER

Je suis resté trop longtemps déjà

ALEX

Que prenez-vous monsieur Dehaze ?

BENOÎT

Depuis le temps qu'on se connaît appelez-moi Benoît voulez-vous ? Je me sens d'excellente humeur ce soir et vous comment faut-il vous appeler ?

ALEX

Alex

BENOÎT

Asseyez-vous un peu à notre table Alex il faut que je te dise Jenny qu'Alex est un type formidable il a lancé cette boîte à partir de rien il a toujours l'air de s'en foutre mais au fond ça doit être un excellent homme de marketing

JENNY

Enchantée

BENOÎT

Et puis il y a eu ce coup de génie le happening

ALEX

Le génie c'est ma Jiji

BENOÎT

En tout cas vous avez senti le vent mon vieux nous c'est ça qu'on cherche n'est-ce pas ? Des types avec du flair vous savez qu'il n'y en a pas beaucoup ?

JENNY

Ça le jour où vous en aurez assez de cette vie-là

BENOÎT

Ça Alex quand vous voudrez

# SIXIÈME MOUVEMENT

## le festin de mariage

*De tous côtés des buffets portant des montagnes de victuailles et tout le monde est là, mange, boit, danse et parle ; les membres du comité de direction remplissent les verres, font circuler les plateaux et débarrassent la vaisselle, quand ils ne font pas danser les filles.*

— Tu manges rien Joëlle ? Attrape la jolie petite saucisse

— Je peux pas

— Pourquoi ?

— La pauvre Bachevski

— C'était gentil de l'inviter

— Ma ligne tiens

— Elle est pas si pauvre que ça

— T'as plus de derrière Joëlle

— Il veut pas que je dépasse les quarante-cinq kilos

— Il gagne encore moins que moi

— Taisez-vous il raconte une histoire

— Elle a fait une hémiplégie deux mois après alors qu'elle était en parfaite santé

— Mon mari et moi on a acheté un nouveau canapé

— Deux mois après sa mise à la retraite

— Transformable

— Elle s'en est pas remise ?

— Et puis solide garanti par le Mobilier de France

— C'est ce qui ronge Joseph

— Le vrai confort le soir devant la télé

— Mais quand on prend les deux salaires à la fois

— Mais vous perdez l'allocation de salaire unique

— Ils roulaient sur des motos italiennes toutes neuves

— Et il y en a qui veulent abolir la peine de mort

— Mais on vit mieux que nos parents

— Me touchez pas

— Je veux juste vous dire quelque chose

— Nous avons un deux-pièces

— En lui cognant la tête contre la table jusqu'à ce qu'elle soit morte

— Combien de fois

— Maintenant les moutards dorment dans une pièce nous on a la nôtre

— Vous savez qu'elle ne porte pas de soutien-gorge

— L'un des trois c'était un Arabe

— Ça vous étonne ?

— Et l'autre un Arménien

— Oui sous la douche

— Avec sursis

— Sans espoir

— Dans le 15e rue de la Convention

— Sans agrafes ni boutons ni fermeture Eclair

— C'est le principal

— J'aime bien vous voir comme ça

— Comment je suis ?

— Je sais pas

— A quoi vous pensez ?

— On pourrait se voir

— Maintenant c'est terminé

— Faut jamais dire ça

*Benoît est monté sur l'estrade, il saisit le micro.*

BENOÎT

C'est au premier chef pour fêter notre ami Lubin que nous sommes réunis aujourd'hui venez Lubin venez près de moi Lubin

*Lubin monte sur l'estrade.*

a décidé de nous quitter pour amorcer une nouvelle vie eh bien je tiens à dire bien haut que Lubin ça a été et ça restera dans notre souvenir à tous une grande figure de la vente et un grand monsieur de la société alors nous vous disons bonne chance Lubin

*Poignée de main.*

— Discours Lubin discours Lubin discours

LUBIN

Monsieur le président et vous tous mes chers amis c'est quelque chose aujourd'hui pour moi de vraiment sensationnel cette fête ça m'est difficile de vous dire

— J'ai compris

— C'est pas moi

— On m'y prendra plus

LUBIN

Tout ce que vous avez fait pour moi mais je sais que vous l'avez fait de bon cœur

— Dans ces cas-là on porte plainte

— Que vouliez-vous qu'elle dise elle savait pas qui c'était

LUBIN

C'est un si beau jour et ma femme qui n'est pas là pour voir ça

— Mais on n'a pas le droit

— Allez vous en expliquer au commissariat

LUBIN

Les docteurs savent pas le résultat que ça va donner les électrochocs mais Jiji tu lui raconteras tu seras gentille elle va être heureuse ma Jiji et je remercie la société du magnifique cadeau de mariage que Jiji elle a reçu viens Jiji

*Jiji monte sur l'estrade.*

et montre le cadeau un mixeur universel de Moulinex on peut tout faire avec

BENOÎT

Vous ne nous quittez pas complètement Lubin puisque voici votre gendre qui vient grossir notre équipe Alex Klein que j'ai plaisir à vous présenter venez Alex

*Alex monte sur l'estrade, suivi de madame Lépine qui saisit le micro.*

MADAME LÉPINE

Tenez au nom de tous les clients de monsieur Lubin moi je voudrais dire que ça a été un honnête homme qui faisait son métier on s'était habitués à lui

BENOÎT

Il a porté haut le drapeau de la société

MADAME LÉPINE

Je lui laissais compter mon stock il me disait madame Lépine il vous en faut tant eh bien je lui disais allez-y mettez-m'en tant s'il me disait il vous en faut six grosses je lui disais allons-y pour six grosses il connaissait ma rotation

*Madame Lépine descend de l'estrade, en larmes.*

BENOÎT

Lubin demeurera dans nos pensées Lubin ne disparaît pas entièrement puisque son gendre crée chez nous le service merchandising où il aura à déployer tout son talent et je vois dans le fait qu'il a célébré ce matin même son mariage avec cette jeune personne délicieusement fraîche

*Il saisit une main de Jiji, une d'Alex et les joint dans les siennes.*

non pas une coïncidence mais l'augure que notre sympathique petite réunion qui tient lieu à ce jeune couple plein de charme et d'ambition de banquet de mariage ouvre une ère de prospérité sans égale pour notre société

— Bravo

— Vive la mariée

— Discours

ALEX

Mon père est mort en tombant en arrière dans une fosse à merde poussé par un SS maintenant moi

— Plus fort

ALEX

J'entre dedans je m'avance je tombe en avant

— On n'entend pas

ALEX

Je dis je tombe en avant

— Sono

ALEX

Pas en chute libre ce serait monotone je rebondis de paroi en paroi j'entre dans la vie normale la vie normale qui m'était interdite je n'ai pas résisté à la tentation ah paysage hallucinant la langue à l'air les yeux ouverts les narines dilatées ah si vous saviez ce que ça dégage mais le jeu est joué adieu lumière viens Jiji faisons le premier pas ensemble tiens-moi la main c'est glissant

*Jiji, Alex, Lubin descendent de l'estrade.*

BENOÎT

Et tous nos vœux de bonheur ainsi qu'à mon frère s'il s'est décidé à nous quitter

*Olivier monte sur l'estrade.*

C'est n'est-ce pas Olivier pour pouvoir consacrer toute son énergie

OLIVIER

Oui tous mes efforts

BENOÎT

A une nouvelle entreprise qu'il projette de créer par-delà les mers

OLIVIER

De l'autre côté de l'océan

BENOÎT

Ce n'est pas sans émotion que nous le voyons se séparer de notre maison pour laquelle il a tant œuvré et vous savez que ce célibataire qu'on croyait endurci

OLIVIER

Oui je me marie

*Margerie monte sur l'estrade et prend le micro.*

MARGERIE

Demain à l'aube Olivier et moi on s'embarque sur le *France* pour les Etats-Unis mes amis c'est un quartier de chair vive que nous emportons à la semelle de nos souliers pour le greffer là-bas parce que moi je suis une amoureuse de votre culture avec mon Olivier on va monter dans le cœur de San Francisco sous le signe de la Pompadour un institut de beauté comme un défi français à toutes ces usines sans âme où la beauté est débitée à la chaîne

*Toppfer s'élance sur l'estrade, saisit le micro.*

TOPPFER

Le vieux marchand que je suis chère petite madame comment ne viendrait-il pas vous dire sa joie teintée de mélancolie

MARGERIE

Moi aussi joie et mélancolie mêlées

TOPPFER

Après tant d'autres elles aussi s'embarquent pour l'Amérique ces tabatières amoureusement rassemblées au fil des ans par feu votre président

— Nous savons tu sais et je sais

— Il n'y a pas besoin d'en parler

TOPPFER

Mais grâce à vous elles échappent à la dispersion sous le marteau insensible du commissaire-priseur

BENOÎT

Trois hommes qui dans le feu de l'action ont prouvé leur dimension voient reconnaître leur mérite ce jour dans une promotion

*Saillant monte sur l'estrade.*

André Saillant devient directeur général adjoint en remplacement de mon frère démissionnaire Claude Dutôt qui a enfoncé l'épée dans les reins de l'adversaire

*Dutôt monte sur l'estrade.*

est nommé directeur des ventes

DUTÔT

Un général ne peut rien faire sans ses troupes alors merci à tous

BENOÎT

Et Jean-Baptiste Peyre

*Peyre monte sur l'estrade.*

directeur du marketing car si Mousse et Bruyère est notre enfant à tous

— Un accident stupide

— A un carrefour

BENOÎT

Il fallait au produit un maître d'œuvre

PEYRE

Une expérience exaltante il y a quelques mois vous souvenez-vous ? Il a fallu le concevoir le nourrir le protéger maintenant il court rien ne pourra l'arrêter

*Saillant, Peyre, Dutôt quittent l'estrade.*

BENOÎT

Un cas de recyclage qui devrait être une inspiration pour tous venez Cohen où est Cohen ?

— Le voilà

— Il arrive

BENOÎT

Depuis vingt-deux ans chef de la comptabilité depuis trente-six ans dans la maison et le plus jeune de tous

— Bravo

BENOÎT

Promu directeur de l'informatique le hardware le software l'assembleur de base le cobol le fortran n'ont plus de secret pour Cohen il a maîtrisé les techniques les plus nouvelles

*Cohen qui semble souffrir d'une jambe est hissé sur l'estrade.*

COHEN

Une histoire qu'au sabbat mon grand-père contait quand j'étais petit enfant et que je me cachais sous la table pour retarder le moment où il faudrait apprendre mes leçons

BENOÎT

Et elle me dit qu'elle n'a jamais été aussi occupée mais elle a bien voulu interrompre aujourd'hui ses activités venez chère madame Bachevski

*Madame Bachevski monte sur l'estrade tandis qu'on en retire monsieur Cohen.*

pour se joindre à nous revoir tous ses amis

MADAME BACHEVSKI

Je ne sais plus où donner de la tête mon jardinet où poussent de beaux haricots ma tapisserie qu'on vous ouvre le ventre qu'on vous ôte les entrailles on vous recoud mais il y a un vide là-dedans j'ai jamais rien caché jamais rien refusé toujours donné alors je me suis donnée à la société merci à monsieur Benoît de m'avoir invitée merci merci pour tout ce que vous avez fait merci à vous tous merci pour tout

*Madame Alvarez monte sur l'estrade, saisit le micro.*

MADAME ALVAREZ

C'est vrai tout ce qu'elle a dit on a pour ainsi dire gravi les échelons ensemble dans la société alors ça m'a fait quelque chose une partie de ma vie qui s'en va

*Elle redescend, Jack et Jenny sautent sur l'estrade.*

JACK

Hello there

JENNY

Hello boys

BENOÎT

A ces deux-là qui ont été les forgerons

JACK

Vous les Français

BENOÎT

De notre réussite

JACK

Vous êtes des voleurs

BENOÎT

Un grand merci

JACK

Tu me la fauches Ben tu te la tapes bon et moi maintenant mais ça fait rien un grand kiss Jenny

JENNY

God bless you Jacky boy

JACK

So long sweetheart

JENNY

Be good now

*Jack quitte l'estrade, Benoît y rejoint Jenny.*

BENOÎT

Oui avec Jenny on a décidé

JENNY

De créer la société

BENOÎT

Metahair

JENNY

A responsabilité limitée et de se marier

JACK

Au succès des perruques et à votre bonheur

JENNY

C'est une opportunité

BENOÎT

Notre vélocité

*Benoît et Jenny s'enlacent.*

JENNY

Notre approche

BENOÎT

Notre agressivité

JENNY

Notre exigence

BENOÎT

Un rapprochement s'est produit notre adversaire d'hier

JENNY

Dans un chaudron et vous touillez

BENOÎT

Est notre associé d'aujourd'hui

JENNY

Résultat garanti

BENOÎT

Nous allons nous allier

JENNY

Plaisir absolu

BENOÎT

A la plus puissante entreprise du monde dans notre domaine

JENNY

Fiez-vous aux apparences

*Elle descend de l'estrade.*

BENOÎT

Voici Ralph Young

*Young est monté sur l'estrade.*

YOUNG

Vous entrez dans une grande famille United Paper Company est implantée dans soixante et un pays et partout le même esprit de famille the Youpico spirit comme nous disons l'esprit Youpico on reconnaît un homme Youpico n'importe où dans un aéroport sur une plage il a le regard clair le maintien assuré vous avez montré que vous avez de la fibre il ne vous a manqué que les poumons pour inspirer plus et expirer mieux nous c'est seulement ça que nous vous apportons une capacité thoracique véritablement formidable à vous de jouer bien sûr nous serons around on vous conseillera vous bénéficierez de notre know-how dans les domaines du research and development et du financial planning et du marketing on prendra les grandes décisions ensemble mais you're on your own la société que nous achetons ça n'est pas les machines ni les bâtiments ni les produits it's the people ce sont les gens c'est vous tous que nous voulions c'est vous que nous avons c'est vous vous Youpico youpico ra ra Youpico youpico ra ra

*Le festin se poursuit.*

— Pour de vrai ?

— Non mais on dirait

— Ça facilite

— Combien de fois ?

— Tant qu'il fallait

— Un jeune les a repérés ils sortaient de la villa Riant Séjour

— Peut pas y avoir

— Ce qui compte

— Et ce gosse qui la connaissait bien

— Sans méfiance

— Nous on sait plus faire

— Tu grignotes toute la journée

— On filtre pas on laisse entrer n'importe qui

— C'est un virus qui se balade

— Et qui vous met à plat c'est ça

— Oui c'est pratique

— Moi aussi

— Mais pas autant

— C'est différent

— On sait

— Mais ça vous tue

— Laissez

— Je peux pas

— Bientôt

— Mais dis

PASSEMAR

Garder la tête froide pas se laisser dériver prendre les devants *(lisant)* cadre expérimenté dans les techniques modernes de gestion consciencieux dynamique

*Le festin continue, seul le son est coupé.*

avec goût de l'initiative envisageant changement de situation examinerait c'est plutôt mieux que la première qui disait jeune licencié ès lettres présentant bien recherche et qui m'a valu d'être embauché dans les quarante-huit heures mais il y a l'âge recherchons cadre vingt-cinq à trente-cinq ans ça me fait une dizaine d'années de plus qu'il n'est bon d'en avoir aujourd'hui mais il se trouvera bien une maison qui verra l'intérêt de tout ce que je peux lui apporter sinon j'en arrive à la fin de ma pièce et peu à peu je crois enfin il me semble qu'elle est un peu trop foisonnante je ne m'opposerai pas à certaines coupures mais ce que je souhaiterais préserver c'est cette structure dont je n'ai pas scrupule à avouer que je l'ai empruntée à Aristophane toutes ses pièces se terminent par un sacrifice et un mariage à la fin il y a un festin et puis une procession qui est le moyen pour les acteurs de quitter la scène avec la petite annonce et la pièce disons que je lance en même temps deux bouteilles à la mer il n'est pas exclu que je réussisse à aller jusqu'au terme des vingt-trois ans qu'il me reste à courir mais là où je suis sceptique c'est quand j'entends le président de la United dire qu'avec la fusion rien ne va changer on dit ça mais on sait que tôt ou tard tout va changer pour le meilleur ou pour le pire ? Qui le saurait ? En tout cas je me suis mis d'accord avec ces trois danseurs ils acceptent la scène des camionneurs à condition que je les autorise à faire à la fin un petit exercice chorégraphique sur lequel ils ont beaucoup travaillé et dont ils m'assurent qu'il est maintenant bien au point

*Se détachent les trois danseurs, le pianiste et monsieur Onde qui, en tenue de sport dans un fauteuil en osier, prend place sur l'estrade devant le micro.*

MONSIEUR ONDE

Et comme si soudain ils en avaient assez de cette alternance épuisante d'échecs et de succès sans suite de part et d'autre les Ases et les Vanes font la paix une paix surprenante aussi harmonieuse que la guerre a été implacable là où aucun compromis ne paraissait possible d'un seul coup c'est l'entente et même davantage

*Les trois danseurs, sur leur lancée, jubilant, se saisissent de Passemar, le soulèvent et le portent dans une procession à laquelle se joignent, dansant la farandole, tous les participants du festin.*

et jusqu'à la fin des temps il n'y aura plus l'ombre d'un conflit entre les Ases et les Vanes

PASSEMAR

De sorte que la fin rejoint le commencement

FIN

# POSTFACE

## ATTENTION – PIÈCE EN MOUVEMENTS

2022. Il y a tout juste cinquante ans paraissait la version originale de *Par-dessus bord*, chef-d'œuvre de Michel Vinaver. Que s'est-il passé depuis ?

Dans la société et l'économie françaises, beaucoup de choses ont changé ; le choc pétrolier et la mondialisation ont causé des dégâts. En France, le secteur "papier-toilette" a été globalement préservé : les marques connues, certes, ont quasiment toutes été rachetées par de grands groupes étrangers (par exemple Lotus, qui venait d'être créée lorsque Michel Vinaver s'est lancé dans *Par-dessus bord*, est passée depuis entre les mains du suédois SCA), mais elles continuent d'être produites en France. Et depuis quelques années, le "fabriqué en France" est même devenu un argument marketing : des drapeaux tricolores fleurissent ainsi sur les emballages… Le P.-D.G. de Ravoire et Dehaze, Fernand, qui voulait "jouer la carte nationaliste" avec son nouveau produit "Bleu-Blanc-Rouge", était un précurseur incompris !

Michel Vinaver avait quarante-cinq ans en 1972. Il était depuis près de vingt ans en poste chez Gillette, leader sur le marché du rasoir, où il avait gravi les échelons jusqu'à devenir P.-D.G. pour la France. Il y exerçait sous le nom de Michel Grinberg, car Vinaver est le nom de jeune fille de sa mère, qu'il utilise pour signer ses textes littéraires dès les années 1940. Double vie, sur laquelle il s'est expliqué : il ne voulait pas dépendre financièrement du théâtre, et préférait aussi exercer un métier éloigné des milieux artistiques et culturels – ni professeur ni journaliste par exemple. Si une pièce n'était pas bien reçue, la vie du bureau et les réussites commerciales étaient là pour remonter le moral ; si une promotion attendue n'arrivait pas, inversement, il y avait toujours l'écriture comme remède. Enfin, on réalise à quel point cet ancrage dans le monde de l'entreprise lui fut utile pour créer une œuvre si singulière et si nouvelle. Beaucoup d'auteurs, par la suite, ont représenté sur scène le monde du travail, comme l'Allemand Falk Richter ou le Français Joël Pommerat ; très peu l'avaient fait avant Vinaver, et personne en en ayant une connaissance aussi précise. *Par-dessus bord* ouvre cette série des pièces de l'entreprise, suivie par *La Demande d'emploi* (1973), *Les Travaux et les Jours* (1979), *A la renverse* (1980), et plus tard *King* (1998).

Vinaver et Passemar ont donc plusieurs points communs. Ce dernier distille d'ailleurs quelques informations autobiographiques, comme cette "pièce en un acte qui s'appelle *La Révolte des légumes*", réellement composée par le petit Michel, qui raconte le soulèvement d'un potager contre la tyrannie du jardinier.

Passemar, “licencié ès lettres” recruté par l’entreprise, entend lui aussi poursuivre une activité théâtrale. Le “théâtre total” qu’il vise, mais qui a du mal à prendre forme, Vinaver ne fait-il que s’en moquer ? Ce n’est pas sûr. Ses danseurs, nous dit la version originale, sont “des transfuges de chez Béjart”, le chorégraphe prodige, qui monte un spectacle dans la Cour d’honneur du palais des Papes en 1967. Vinaver, certes, est considéré comme l’un des grands représentants contemporains d’un théâtre *du texte*, où le texte a une dignité littéraire ; mais, s’il s’est opposé à la façon dont certains metteurs en scène déformaient les pièces, il a porté un grand intérêt au renouveau artistique des années 1960, dont témoigne peut-être le travail de Passemar. De même pour les happenings de Claes Oldenburg auxquels participe Jiji (pour se donner une idée de ce à quoi ils pouvaient ressembler, voir les extraits de celui de Jean-Jacques Lebel, *Pour conjurer l’esprit de catastrophe*, sur la plateforme vidéo la plus connue).

En décidant d’écrire sur l’entreprise (bien qu’il se soit toujours défendu d’écrire “sur” quoi que ce soit, sinon sur le *banal* lui-même), Vinaver, à la différence de Passemar, a relancé sa carrière d’auteur. Depuis le début des années 1960, il n’arrivait plus à produire et s’impatientait de voir ses deux dernières pièces mises en scène, *Les Huissiers* et *Iphigénie Hôtel* (alors que la première, *Les Coréens*, avait été immédiatement publiée chez Gallimard, jouée par plusieurs metteurs en scène, et avait eu l’honneur d’être l’objet de trois articles de

Roland Barthes). La rédaction de *Par-dessus bord* est pour lui un moment de grande effervescence ; il s'autorise à y parler de tout, de tout ce qu'il a observé au cours de la décennie : la cruauté du capitalisme et les plaisirs de la vie au bureau, le marketing et les happenings, l'acharnement thérapeutique et le traitement de la parole des rescapés de la Shoah. Ce théâtre total, d'un autre genre que celui de Passemar, inaugure une nouvelle esthétique, avec l'usage de matériaux réels (les bruits de couloir, les discours de managers ou de psychosociologues, les slogans publicitaires…), entrelacés dans ce qui ressemble à un grand collage.

Après 1972, la carrière d'écrivain de Michel Vinaver a été très dynamique pendant trente ans, puis a marqué une autre pause dans les années 2000, avant la publication d'une nouvelle pièce en 2014, *Bettencourt Boulevard ou une histoire de France*, ainsi que de l'adaptation d'*Un mois à la campagne* de Tourgueniev en 2017. Une carrière de soixante-dix ans, à cheval sur deux siècles, un peu comme Claudel avant lui (ou comme Peter Brook côté mise en scène), et toujours en phase avec le présent. En écrivant *11 septembre 2001* juste après les attentats du World Trade Center, il a été là aussi l'un des seuls, et le premier incontestablement en France, à mettre le doigt sur l'événement qui marque l'entrée dans le XXIe siècle. Dans presque toutes ses pièces, le moment de l'écriture coïncide ainsi avec le temps de l'action représentée ; et *Par-dessus bord* apparaît comme une chronique en direct des années 1967-1969 (il y est question, en sourdine, de Mai 68 : Margerie est "allée sur les barricades" et le psychosociologue Reszanyi dit que les *événements* ont été "vécus comme une défécation à laquelle il a été pris collectivement plaisir").

On remarque que *Par-dessus bord* est une pièce en six *mouvements*, terme bien plus associé à la musique qu'au théâtre. Les trois précédentes étaient plus classiquement composées de *scènes*, d'*actes* ou de *journées*. Dans les années 1970, Vinaver choisira souvent le découpage en *morceaux*, par exemple pour *La Demande d'emploi*, au sujet de laquelle il faisait référence aux Variations Diabelli de Beethoven. Il distingue aussi à cette époque le "théâtre de chambre" (*Nina, c'est autre chose* et *Dissident, il va sans dire*, 1978), pièces pour trois et quatre personnages sur le modèle de la musique de chambre, des pièces "symphoniques" comme *Par-dessus bord* ou *A la renverse*. Dans *Par-dessus bord*, la musique s'ancre d'ailleurs profondément dans la fable. Dans ses notes préparatoires, on voit que l'auteur pensait insérer des "intermèdes" (peut-être sur le modèle de ceux qu'imagine Passemar, peut-être comme ceux des comédies-ballets de Molière…) : le premier aurait représenté "le mariage de Jiji" et le deuxième "le sacrifice de Lubin". Mais surtout, Alex Klein est musicien, jouant dans un jazz-band (une *"musique à la limite extrême de la tension"* précisait une didascalie de la version originale de la pièce), avant d'*être* finalement récupéré par l'entreprise. De même que Passemar, Alex peut lui aussi nous faire penser à Michel Vinaver : l'auteur, comme ce personnage d'artiste, est d'origine juive – mais il eut la possibilité d'émigrer aux États-Unis en 1941.

A côté du jazz, deux autres modèles musicaux peuvent être repérés dans *Par-dessus bord*. Le premier est celui de la fugue. Il se manifeste dans le procédé de simultanéité, qui consiste en la rencontre sur la même page, puis sur le plateau à un même moment, d'au moins deux dialogues différents. Il y a entrelacement de voix, plus ou moins serré. Certaines séquences donnent l'impression d'être construites selon les principes du contrepoint, à deux ou trois dialogues, avec çà et là convergence sur un même sujet (les cours du professeur Onde, par exemple, sont très entrelacés au reste, et offrent à chaque fois des commentaires métaphoriques de l'action qui se déroule dans l'entreprise). La lecture, dès la fin des années 1940, de l'*Introduction à J.-S. Bach* de Boris de Schlœzer a peut-être influencé Vinaver. Il y est question de fugue bien sûr, et de l'immanence de la musique ; il est possible que Vinaver ait dès lors pensé la parole comme un matériau sonore et rythmique et non plus uniquement comme vectrice de sens. L'œuvre musicale, écrit Schlœzer, "est immédiatement un dire, exactement comme le corps ne montre pas un sentiment mais s'identifie à lui : est le sentiment". Cette thèse, Vinaver la développera dans son article "Pour un théâtre des idées ?" (1982) à propos des *Estivants* de Gorki mais aussi, bien entendu, en pensant à son propre théâtre : ce sont des dramaturgies où les idées sont incorporées à tous "les mouvements qui font la pièce", et qui peuvent dès lors, selon l'auteur, avoir infiniment plus de résonance politique que les traditionnelles pièces engagées.

L'autre modèle pourrait être celui de la construction spiralaire, expérimentée par un compositeur que cite parfois Vinaver, Iannis Xenakis, qui définit la spirale comme "oscillation qui ne revient jamais au même point", "changement progressif et continu, qui est un facteur très important en esthétique" (entretien dans *Le Monde*, décembre 1984). C'est l'impression qu'on peut avoir au début du troisième mouvement par exemple, avec ce retour répétitif au dialogue Jiji-Alex, qui porte sur l'un des thèmes majeurs de la pièce, la Shoah.

*Par-dessus bord* est aussi la pièce à partir de laquelle Vinaver arrête de ponctuer ses phrases, ce qui est ensuite devenu l'un des signes distinctifs de son théâtre. Seuls les points d'interrogation ont échappé à l'éradication : ils sont nécessaires à l'intelligibilité, surtout dans le cadre de la retranscription d'une langue parlée qui souvent ne marque pas syntaxiquement l'interrogation ("C'est ravissant ça coûte cher ?"). De plus, leur présence reflète bien l'esprit de la pièce, qui est comme une question soulevée, sans affirmation catégorique... L'absence de ponctuation, qui fait que la syntaxe apparaît comme *en mouvement*, a bien sûr une répercussion scénique. Elle donne au metteur en scène et au comédien une responsabilité et les oblige à faire des choix – dans telle réplique de Dehaze à Ausange par exemple, faut-il rattacher "depuis octobre" au groupe de mots qui précède ("Mes ventes baissent...") ou à celui qui suit ("je travaille à perte") ? Les didascalies, elles, restent ponctuées. L'auteur fait peut-être par là une distinction entre les deux régimes de textes, le texte utilitaire face au texte dit. Il montrerait ainsi que les didascalies n'ont pas vocation poétique dans son théâtre, ou plutôt n'y aspirent plus, comme elles pouvaient encore le faire dans les pièces précédentes. C'est une étape vers leur élimination totale, parachevée dans *Portrait d'une femme* (1984), où ne figurent plus que de très brèves indications de lieux.

Si le modèle musical et la déponctuation semblent rogner le sens, le théâtre de Vinaver n'est pas pour autant un théâtre qui *rejette* tout sens. Il se distingue nettement du "théâtre de l'absurde" des années 1950-1960, où le langage fait résonner sa vacuité, et où l'homme erre dans un monde vague (peut-être aussi comme dans les happenings, où il n'y a "rien à comprendre" dit Alex à Jiji...). En fait, l'œuvre de Vinaver serait plus proche d'un théâtre de l'*absurde* dans l'acception que Camus donnait à ce terme dans *Le Mythe de Sisyphe*. Vinaver, dont la correspondance avec Camus a été publiée, lui disait en 1950 que l'écrivain ne sait pas pour quoi il écrit, mais qu'il doit faire "confiance au fait qu'il écrit, et espérer que l'œuvre même sera la réponse". Le sens peut survenir *in fine :* "Le sens, écrit-il, est un point d'arrivée, pas un point de départ. Il se constitue au fur et à mesure. On ne le connaît pas d'avance" ("Théâtre pour l'œil, théâtre pour l'oreille", article de 1983).

De ce point de vue, nous pourrions rapprocher de Vinaver un troisième personnage de *Par-dessus bord*, qui renvoie pourtant directement à une personne réelle bien identifiable. Il s'agit du professeur Onde, double du grand comparatiste des civilisations Georges Dumézil, dont Vinaver suivait les cours à la Sorbonne au début des années 1950 (l'auteur lui avait même demandé l'autorisation de l'intégrer à la pièce avec son nom véritable, ce que Dumézil n'a pas souhaité). Onde est une "taupe creusant ses galeries", comme Vinaver qui travaille en réseau, connecte les choses les unes aux autres, par le collage et le contrepoint. Le dramaturge lui-même s'est déjà représenté en chenille, creusant ses galeries dans des fruits (illustration inspirée du livre pour enfants *The Very Hungry Caterpillar*), et, à propos de son écriture, a dit aussi que "du début à la fin de chaque pièce, et d'une pièce à l'autre, se creusent des galeries de sens à communications multiples" ("Mémoire sur mes travaux", 1986). Quelles sont les conséquences de ce forage continuel ? L'animal creusant est-il comme le ver de terre qui "laboure et aère la terre sans lui arbres ni herbe ne pousseraient" (éloge prononcé par Fage, dans *La Demande d'emploi*), ou fait-il si bien, comme le pense Passemar, qu'"un jour nos maisons se fissureront le sol cédera sous nos pas" ?

Pièce en mouvements, *Par-dessus bord* l'est aussi de par l'incessant travail de réécriture dont elle a été l'objet. Au théâtre, il est fréquent que les metteurs en scène procèdent à ce type de réduction, mais peu d'œuvres ont donné lieu à tant d'avatars réalisés par l'auteur lui-même. Ces réécritures, de plus, n'ont pas débouché sur une version qui remplacerait les autres, mais sur une collection d'*états* différents – pièce "à géométrie variable" dit l'auteur.

Vinaver a donc publié quatre versions différentes de *Par-dessus bord*, sans compter celles qu'on pourrait appeler des *révisions* (pour les traductions anglaise et allemande par exemple). La première, l'*Intégrale*, a été écrite principalement pendant les vacances d'été 1968 et 1969, dans le Sud de la France. Dès le début, on le découvre dans son cahier préparatoire, Vinaver avait le projet d'en dégager d'autres versions, par "émincissage/tronquage/télescopage". Le tronquage aurait consisté en la suppression de pans entiers du texte, mais c'est l'émincissage qui a finalement été choisi, c'est-à-dire une réduction harmonieuse par petits bouts dans chaque scène. Ce néologisme vient du verbe *émincer*, appartenant au vocabulaire de la cuisine dont Vinaver aime se servir pour parler de l'écriture ("Autre image : faire fondre. Je n'ai rien coupé, j'ai laissé fondre ce qui voulait bien fondre. Ce qui reste en est devenu plus tendu, plus croquant", note-t-il encore dans son cahier préparatoire).

Deux versions plus courtes ont ainsi très rapidement vu le jour. La *Brève* est écrite dès 1970 et la *Superbrève*, qui date de 1972 et figure dans la première édition du *Théâtre complet* (1986). Ces deux réductions avaient pour premier objectif de rendre la pièce "dramatiquement plus vivable", en prévision de sa mise en scène. Roger Planchon, qui avait déjà créé *Les Coréens*, s'était en effet montré très intéressé, mais il ne voulait pas créer une pièce de sept heures. L'auteur lui livra donc ces trois versions, dont Planchon fit lui-même une nouvelle mixture (notamment en supprimant la simultanéité des dialogues), jouée au TNP pour son inauguration à Villeurbanne en 1973. Enfin, l'*Hyper-brève* a été élaborée en 2002. Vinaver ne l'a pas produite, comme la *Brève* et la *Super-brève*, à partir de sa propre version antérieure, mais à partir d'une version scénique de Jérôme Hankins pour sa mise en scène à l'ENS en 1990, et aussi en allant récupérer quelques fragments de l'intégrale précédemment supprimés. C'est aussi la version qui a servi de base pour l'adaptation japonaise, réalisée en 2009 par Oriza Hirata, intitulée *Tori no tobu takasa (La Hauteur à laquelle volent les oiseaux)*. Vinaver n'avait supprimé aucun personnage avant cette version *Hyper-brève*. Dans celle-ci, non seulement il ne restaure pas les trois personnages supprimés par Jérome Hankins (Etienne Ravoire le mari de la tante Yvonne, Panafieu le publicitaire et maître Rendu le notaire), mais il élimine aussi le révérend père Motte et quelques figurants (garçon de café, secrétaire, ouvriers de Ravoire et Dehaze, infirmières d'hôpital). De l'*Intégrale* à l'*Hyper-brève*, le texte passe de 62 000 à 23 000 mots environ, soit un effacement de près des deux tiers du volume global (pour arriver à une pièce qui dure, sur scène, tout de même encore deux heures trente environ). Pour prendre un point de comparaison, une pièce classique comme *Bérénice* compte un peu plus de 13 000 mots, et un grand drame romantique comme *Lorenzaccio* environ 39 000.

La conséquence formelle de cet émincissage plusieurs fois répété est précisément le "télescopage", c'est-à-dire un effet de composition par "tamponnements" plutôt que par "liaisons harmonieuses" dit l'auteur, une accentuation du choc des scènes les unes contre les autres, montées sans transition ou de façon simultanée. On se retrouve avec des œuvres dramaturgiquement différentes. A la lecture de l'*Hyper-brève*, on ressent ces transitions brutales, on est frappé par certaines répliques qui restent en suspens, comme celle-ci, "Mon petit le coiffeur vous a fait une coupe…", qui figurait auparavant dans une scène entre Dehaze et Motte, personnage supprimé, et qui semble à présent perdue dans d'autres dialogues au début du deuxième mouvement. Certaines séquences font ainsi penser à une pièce comme *La Demande d'emploi*, beaucoup plus courte et éclatée que *Par-dessus bord*. Les cinq dernières répliques du même deuxième mouvement sont un exemple remarquable et radical de ce type d'organisation du dialogue. La version intégrale a une dimension documentaire indéniable, tant elle donne à voir avec précision le travail dans l'entreprise Ravoire et Dehaze, les étapes de l'élaboration du produit dans cette situation de concurrence forte avec le groupe américain. En enlevant les deux tiers du texte tout en préservant la structure, Vinaver fait émerger dans l'*Hyper-brève* un objet beaucoup plus abstrait.

Celui-ci n'est pas sans rapport avec *11 septembre 2001*, qui repose sur un travail de copié-collé des journaux américains du mois de septembre 2001 mais n'en conserve qu'une sorte de quintessence, transformant la pièce documentaire en *oratorio*, pure œuvre d'art.

On ne peut qu'espérer que la présente édition, maniable et accessible, de cette version *Hyper-brève*, conquière de très nombreux nouveaux lecteurs et donne envie à plusieurs d'entre eux (compagnies professionnelles ou groupes amateurs) de la mettre en scène. Afin que *Par-dessus bord* reste encore longtemps une pièce en mouvement.

SIMON CHEMAMA

Tous les articles de Michel Vinaver cités dans cette postface, ainsi que *La Révolte des légumes* et le dessin de la chenille, ont été recueillis dans ses *Ecrits sur le théâtre*, publiés à L'Arche en deux volumes (le premier regroupe des textes allant de 1955 à 1980, le second de 1982 à 1998). Ses pièces, elles, ont été rassemblées dans un *Théâtre complet*, en 8 volumes, coédité par Actes Sud et L'Arche (2002-2005), à l'exception de la dernière, *Bettencourt Boulevard ou une histoire de France*, parue à L'Arche en 2014.

Simon Chemama est l'auteur d'un ouvrage de référence sur l'œuvre de Michel Vinaver, intitulé *Le Théâtre de l'immanence* (Champion, 2016) ; il a aussi retrouvé et édité la correspondance de Michel Vinaver et Albert Camus (*S'engager ?*, L'Arche, 2012).

## DU MÊME AUTEUR

Théâtre complet :

*THÉÂTRE COMPLET 1 : LES CORÉENS – LES HUISSIERS*, Actes Sud, 2004.

*THÉÂTRE COMPLET 2 : IPHIGÉNIE HÔTEL – PAR-DESSUS BORD*, Actes Sud, 2003.

*THÉÂTRE COMPLET 3 : LA DEMANDE D'EMPLOI – DISSIDENT, IL VA SANS DIRE – NINA, C'EST AUTRE CHOSE*, L'Arche, 2004.

*THÉÂTRE COMPLET 4 : LES TRAVAUX ET LES JOURS – À LA RENVERSE (NOUVELLE VERSION)*, L'Arche, 2002.

*THÉÂTRE COMPLET 5 : L'ORDINAIRE – LES VOISINS*, Actes Sud, 2002.

*THÉÂTRE COMPLET 6 : PORTRAIT D'UNE FEMME – L'ÉMISSION DE TÉLÉVISION*, Actes Sud, 2002.

*THÉÂTRE COMPLET 7 : LE DERNIER SURSAUT – KING – LA FÊTE DU CORDONNIER*, Actes Sud, 2005.

*THÉÂTRE COMPLET 8 : L'OBJECTEUR – 11 SEPTEMBRE 2001 – LES TROYENNES*, L'Arche, 2003.

Autres parutions théâtre :

*KING* suivi de *LES HUISSIERS*, Babel n° 360.

*L'ORDINAIRE*, Babel n° 938.

*PAR-DESSUS BORD*, Babel n° 1823.

*BETTENCOURT BOULEVARD* (grand prix de Littérature dramatique), L'Arche, 2014.

Écrits théoriques :

*LE COMPTE RENDU D'AVIGNON*, Actes Sud, 1987.

*ÉCRITURES DRAMATIQUES* (sous la direction de), Actes Sud, 1993 ; Babel n° 446.

*ÉCRITS SUR LE THÉÂTRE 1*, L'Arche, 1998.

*ÉCRITS SUR LE THÉÂTRE 2*, L'Arche, 1998.

*LA VISITE DU CHANCELIER AUTRICHIEN EN SUISSE*, L'Arche, 2000.

Romans :

*LATAUME*, Gallimard, 1950.

*L'OBJECTEUR*, Gallimard, 1951.

*LES HISTOIRES DE ROSALIE*, coll. "Castor poche", Flammarion, 1980.

Correspondance :

*S'ENGAGER ?* (avec Albert Camus, 1946-1957), L'Arche, 2012.

OUVRAGE RÉALISÉ
PAR L'ATELIER GRAPHIQUE ACTES SUD
REPRODUIT ET ACHEVÉ D'IMPRIMER
EN MAI 2022
PAR NORMANDIE ROTO IMPRESSION S.A.S.
À LONRAI
POUR LE COMPTE DES ÉDITIONS
ACTES SUD
LE MÉJAN
PLACE NINA-BERBEROVA
13200 ARLES

DÉPÔT LÉGAL
1re ÉDITION : JUIN 2022
N° impr. : 2202603
*(Imprimé en France)*